Mad Köninger

Ich bin dann mal was Blödes tun

Satiren

Ich bin dann mal was Blödes tun
Mad Köninger

Copyright: © Matthias Köninger – publiziert von telegonos-publishing

Cover: ©Kutscher-Design kutscherdesign.jimdo.com
unter Verwendung einer Vorlage von Pixabay

Lektorat/Korrektorat: Nathalie Kutscher

www.telegonos.de (Haftungsausschluss und Verlagsadresse auf der website)

ISBN-13: 978- 3744882132

Herstellung&Verlag: BoD – Books on Demand, Norderstedt

Bibliografische Information der Deutschen Nationalbibliothek:
Die Deutsche Nationalbibliothek verzeichnet diese Publikation in der Deutschen Nationalbibliografie; detaillierte bibliografische Daten sind im Internet über http://dnb.dnb.de abrufbar.

Mad Köninger

Ich bin dann mal was Blödes tun

telegonos-publishing

Vorwort

Womit fängt man ein Vorwort an? Mit Wörtern war mein erster Gedanke. Worauf ich dann auch schnell auf Bücher komme, die ja bekanntlich Wörter enthalten.

Wie jeder Autor muss ich mir die Frage stellen, warum ausgerechnet noch mein Buch nötig ist, auf dem ohnehin übersättigten Büchermarkt und was der Titel genau damit zu tun hat?
Mein Name ist Matthias, ich bin fünfundzwanzig Jahre alt, stamme aus Baden-Württemberg und studiere Soziale Arbeit in Freiburg, der wohl grünsten Stadt Deutschlands. Keine Angst, ich sprenge so ziemlich jedes Klischee. Das ist kein Sozialarbeiterroman, sondern eher über einen und von einem liebenswerten Chaoten, der eben Soziale Arbeit studiert. Den Anlass das Buch zu schreiben, gab mir eine Freundin im November 2012. Sie sagte, meine Schilderungen seien immer so lustig und retteten ihr den Tag. Warum also nicht diese alleinerziehende Frau, die ihr Schicksal so tapfer und heroisch trägt, jeden Tag aufs Neue erfreuen?
So war die Idee für dieses Buch geboren! Vielleicht, verehrte Leser, lassen Sie sich auf dieses Werk ein. Zugegeben, es mag manchmal bissig, beziehungsweise ironisch sein - macht sich über Menschen und ihre Werte lustig und es hinterfragt ketzerisch die Glaubenswelt des Mainstream. Bewusst habe ich Personennamen ersetzt, denn ich möchte unterhalten und etwas sticheln, aber nicht wirklich verletzen.
Es sind die Gedanken, Erlebnisse und Erfahrungen eines Mannes, über den eine gute Freundin einmal sagte: „Du bist verrückt, aber lieb."
Daher bin ich überzeugt, dass am besten jeder Mensch dieses Buch lesen sollte, aber das Leben hat mich gelehrt, die Dinge realistisch zu sehen. Da es meinem

bescheidenen Wesen entspricht, erwarte ich erstmals eine Auflage von 50 Millionen Exemplaren. Machen Sie sich darauf gefasst, dass über Chi, Facebook, Straßenmusikanten, politische Parteien, Mitmenschen und Schwaben gelästert wird. Lesen Sie doch einfach, wie ich mich stets auf meine drei Sinne verlassen habe: Blödsinn, Wahnsinn und Irrsinn. Mit diesen die Welt wahrnehme und mit Ihnen teilen möchte.

Ihr Matthias Köninger

Kapitelübersicht:

Was im November passierte

01.12. 12: „Ich bin dann mal schlafen"

02.12.12: „Manchmal nur Kuscheln"

03.12.12: „Witz und Vorurteil"

04.12.12: „Königreich der Pimmel"

05.12.12: „Von Überlebenden, Idioten und Romantikern"

06.12.12: „Nicht jeder wird als Dichter geboren"

07.12.12: „Rexosophie"

08.12.12: „Wetten dass… ich die langweiligste Sendung des Abends moderieren kann."

09.12.12: „Putziges Thema - Putzige Kleine"

10.12.12: „Die Ex`en haben immerhin gute Hupen abgegeben"

11.12.12: „Berlin Tag und Nacht" oder „Der Film „Der Untergang" spielt nicht ohne Grund in Berlin".

12.12.12: „Ein bisschen Chi schadet nie"

15.12.12: „Brot und Spiele für die Massen"

16.12.12: „Von Knöpfen und Mappen"

17.12.12: „Bewerben und andere Schwierigkeiten"

18.12. 12: „Free Tibet"

19.12.12: „Zahnarzt"

20.12.12: „Stell dir vor, es ist Weltuntergang und keiner geht hin"

21.12.12: „Ich bin dann mal weg, sprach die Welt, oder eben auch nicht"

22.12.12: „Der Tag nach dem Tag Null … ein ganz normaler Tag"

24.12.12: „Draußen rieselt kein Schnee…"

25.12.12: „Hummer und Kaviar"

26.12.12: „Schule ist auf dem Friedhof".

27.12.12: „Wissen, was die Menschheit wirklich weiterbringt"

28.12.12: „Von Körbchen Größen und Schweinen"

29.12.12: „Alexander und die wilden Jungs"

30.12.12: „Döner macht nicht nur Schöner".

31.12.12: „So was passiert auch nur mir"
Was im Dezember geschah
01.01.13: „Von Vorsätzen und einem Neuanfang"
02.01.13: „Reize"
03.01.13: „Darth Vader und Jürgen T."
04.01.13: „Ich bin dann mal Alderan zerstören"
05.01.13: „Irgendwas mache ich verdammt falsch".
06.01.13: „Putin für die Elefanten"
07.01.13: „Ich bin mal Guttenbergen"
08.01.13: „Von fliegenden Schiffen und Degen"
08.01.13:„Ich sehe zwar keine tote Menschen, aber seltsame Dinge"
09.01.13: „Ich bin aber kein Nerd"
10.01.13: „Fortuna anlächeln"
11.01.13: „Das Irrenhaus hat Ausgang."
11.01.13: „Mann ohne Gedächtnis"
12.01.13: „Alex Rises"
12.01.13: „Wenn es kein Brot gibt, sollen sie halt Käfer essen"
13.01.13: „Weltbilder und andere Katastrophen"
14. 01.13: „Man muss seine Träume beschützen"
15.01.13: „Fischabfall"
16.01.13: „Gehen Sie nicht über Los und ziehen sie keine 4000 Mark ein"
17.01.13: „Traumreisen zur Macht"
17.01.13: „Antreten zum Dienst"
18.01.13: „Habichte und anderes Gesocks"
19.01.13: „Chuck Norris in Berlin"
20.01.13: „Zugfahren und andere Grausamkeiten"
21.01.13: „Home Sweet Home"
21.01.13: „Alban Stolz Haus"
21.01.13: „Fahnen auf Halbmast"
22.01.13: „Bittere Wahrheiten"
22.01.13: „Selbst ist der Mann"
23.01.13: „Ich bin dann mal einen Kinderparlament gründen"

23.01.13: „Praxisstellen"
24.01.13: „Von Galilei und Nestbeschmutzern"
25.01.13: „Das GEZperium schlägt zurück"
26.01.13: „Der Tag, an dem ich mein Kostüm wechseln musste"
26.01.13: „Die Tribute vom Dschungelcamp"
27.01.13: „Von Geistern und der Politcal Correctness"
28.01.13: „Reden ist Silber, Denken ist Gold".
29.01.13: „Wen juckt schon Mali"
30. 01.13: „Morgens halb zehn in Niedersachsen"
31.01.13: „Von Elefanten und Menschen"

Über den Autor

Wer *nicht in die Welt passt,* der ist immer nahe daran, sich selber zu finden.

Hermann Hesse, Demian

Die Ankunft, der erste Kontakt, Sie kommen … Sie kommen …

Oder so ähnlich klang wohl das Telefonat zwischen meinem behandelnden Arzt und der Klinik. Was tut er dort, wird sich der eine oder andere Leser fragen und ich werde ihm die Frage gerne beantworten. Im Sommer 2012 wusste ich, was die Diagnose ADHS bedeutet. Mir wurde klar, so geht es nicht mehr weiter. Wegen Prüfungsfehlleistungen musste ich im Studium eine Pause einlegen, ein sogenanntes Urlaubssemester. Plan A war damit gescheitert, also musste Plan B her. Nur dass es Plan B bis dato gar nicht gegeben hatte und so musste ich aktiv werden. Ich würde an meinem ADHS etwas tun müssen, ansonsten im weiteren Leben scheitern. Womöglich wäre ich gezwungen, Obdachloser oder Showmaster zu werden. Weder das eine, noch das andere erschien mir erstrebenswert. ADHS, eine absolute Modediagnose, wie ich immer dachte und Kinder würden herauswachsen. Bei einem Drittel war es auch so, aber dem Rest blieb es erhalten. Fünf Prozent aller Kinder werden so geboren, es ist eine Störung, keine Krankheit, wie ich bald herausfand. Absolute Höhenflieger, häufig begabt, aber ohne Struktur. Das Chaos, das sie in sich tragen, überträgt sich nach außen. Das sind oft die Leute, die ihre Räumlichkeiten mit der Schneeschaufel freischippen müssen. Meist sehr fantasievoll und empathisch, aber dafür schnell gelangweilt, worunter einfache, öde Tätigkeiten sehr leiden. Lebensidioten oder Tagträumer würde wohl der Volksmund sagen. Viele berichten, sie wüssten, dass sie mehr können, aber es lässt sich nicht abrufen, die Leistung, das Potenzial. Sie sind gezwungen, ein Leben im ersten Gang zu führen und wer einmal zehn Minuten im ersten Gang gefahren ist, weiß, wie sehr dieser nerven kann. Das ist, als wenn man einen Ferrari besitzt, aber darf ihn nur im ersten Gang fahren. Oder wenn man eine Million auf dem Konto hat, aber nicht darauf zugreifen kann.

In Freiburg gab es keine Erwachsenenklinik mit einer Ambulanz. Lediglich in Offenburg befand sich eine psychiatrische Klinik, die Menschen mit ADHS aufnahm. Aber die Sache hatte einen Haken. Nicht die Form von Haken, die etwa Captain Hook trägt. Oder wenn man am Morgen feststellt, dass die brasilianische Tänzerin - die man am Vorabend aufgerissen hatte - früher Ramirez hieß. Es war vielmehr der Form von Haken, dass man praktisch in der Höhle des Löwen leben würde. Eine Station voller Borderliner, Traumatisierter und Depressiver. *Es wird zumindest nie langweilig werden*, dachte ich mir, als ich das hörte. Ich würde vermutlich eine Erfahrung machen, die ich selten gemacht habe, ich würde mich völlig normal fühlen. Mit Borderlinern auf der Station könnte es auf jeden Fall ein einschneidendes Erlebnis werden.

Als ich in die Klinik kam, hielt ich Borderliner für ritzende, gestörte Persönlichkeiten und Depressive für verheulte Waschlappen. Das dies alles viel zu vereinfacht und nicht richtig ist, muss ich wohl kaum erwähnen!

Da stand ich also, ein Student im Urlaubssemester, die Taschen gepackt, vor der Klinik. Von draußen bemerkte ich schon die Gitter vor den Fenstern. Das konnte ja heiter werden! Ich würde dann zwar nicht vor Schnaken, aber wenigstens vor fliegenden Kühen oder Elefanten geschützt sein … hatte doch auch was. *Die Dinge am besten positiv sehen*, dachte ich. Für das Aufnahmegespräch wären Russischkenntnisse von Vorteil gewesen, denn die diensthabende Ärztin war wenig hilfreich. Unsere Kenntnisse der jeweiligen anderen Sprache bewegten sich ungefähr auf demselben Niveau. Ich war im Übrigen nie Bewohner der ehemaligen DDR - und hatte somit kein Russisch in der Schule -, noch habe ich mich mit dieser Sprache vorher beschäftigt. Na gut, ich habe mir einmal als Jugendlicher russische Schimpfwörter beibringen lassen, aber das zählt nicht und wäre wohl in dieser Situation kontraproduktiv gewesen. Durch Hand- und Fußzeichen war es mir schließlich gelungen, mich verständlich zu machen. Ich erfuhr, dass die Ärztin nur zur Aushilfe da war. Ob ich mir für die Pfleger noch schnell Arabischkenntnisse aneignen sollte? Aber dafür ist die Sprache zu komplex, um sie in zehn Minuten zu beherrschen, denn *hascht ein Problem* und *Probleme*, ist kein Arabisch. Die zwei Stunden, um die Sprache zu lernen, hatte ich auch nicht mehr. So konnte ich nur das beste hoffen. Immerhin hatte man mich an der Rezeption verstanden, wenigstens etwas. Das Geld war eben knapp im Gesundheitssystem. Um festzustellen, dass ein Bein gebrochen ist, muss man sehr wenig Deutsch verstehen, aber ob das in psychologischen Kliniken so sinnvoll ist? Da sind sich wohl die Krankenkassen und ich nicht so ganz einig! So kam ich schließlich zur Station und mir wurde auch gleich ein Pate zugewiesen. Mein neuer Zimmernachbar Alexander. Alex kann man kaum beschreiben, man muss ihn erlebt haben. Wir waren in so vielen Dingen verschieden, eigentlich in praktisch allem. Er führte mich herum und beantworte meine Fragen. Also, Fragen die einen interessierten. *Wo ist das Bier, wo sind die Bräute* und *wo ist das Klo?* waren im Übrigen nicht gemeint. Alexander, ein Mann, der das Leben kannte und der gleich das volle Paket davon erhalten hatte. Ich glaube, so ziemlich das Einzige, was ihm gefehlt hat, war Lepra. Borderline, ein Trauma und ADHS. Dennoch kämpfte er sich durch sein Leben, mit einer Tapferkeit und einer Leidenschaft, die einfach nur bewundernswert war. Er hatte ein Ziel, einen Traum, für den er kämpfte. Eine kleine Tochter, die er über alles liebte und die Tatsache, dass er ihr eine Zukunft bieten wollte. Er kannte das Leben, er war auf der Straße, hatte gedealt, selbst Drogen genommen, war Rechtsradikaler, Aussteiger und arbeitete seitdem in einem festen Beruf. Wenn einer das Leben kannte, dann er!

Die Bandbreite der Persönlichkeiten war also sehr weitläufig. Von Alexander - einer raumfüllenden Persönlichkeit ohne Gleichen - und Mitpatienten, die noch auf Lady Dianas Beerdigung als Stimmungsvermieser aufgefallen wären. Ärzten und Pfleger, die auf den ersten Blick wohl genauso vertrauenerweckend wirkten, wie Dr. Mabuse und in Spielfilmen glaubwürdig Organhändler spielen könnten. Aber aufgeben kam nicht in Frage, denn auch ich hatte einen Traum. Aber dazu später. Es handelt sich im Übrigen um den Traum, einen Traum zu haben.

„Frei ist man, wenn man sich frei fühlt, oder so ähnlich"

Wie frei ist jemand, der um 20:30 Uhr nicht mehr die Station verlassen darf? Oder um 23:00 Uhr das Licht ausmachen, um 7:00 Uhr aufstehen muss und zu allen Mahlzeiten tagsüber, zu festen Uhrzeiten da zu sein hat? Eigentlich ziemlich frei, denn ich kann jeden Tag gehen, ich bin ja freiwillig hier. Ich kann jederzeit die Koffer packen und verschwinden, das tröstet ungemein. Vielleicht ist es auch eine Art Probe, um das Durchhaltevermögen zu prüfen. Aber es gehört zum Behandlungskonzept, dass ich intensiver an mir arbeiten kann, um zu mir selbst zu finden. Irgendwo zwischen der letzten Kreuzung und der Ampel, oder vielleicht doch ganz woanders, habe ich mich verloren.

Ich habe unterschiedliche Therapien. Unter anderem *Musik und Bewegung*. Man bewegt sich zur Musik und tut unsinniges Zeug, eine Rockkonzertkarte hätte immerhin mehr gekostet. Dann gab es da noch *Fernöstliche Bewegung* oder auch *Sinnloses Gezappel zu chinesischer Musik*. Achtsamkeit und Entspannungsgruppe hingegen hieß, die Augen zu schließen und Übungen zu befolgen, die für die Entspannung und die Achtsamkeit wichtig waren. So Dinge wie: *Ist der Mantel, der gerade brennt, weil ich mich über die Kerze gebeugt habe, mein Mantel?* Oder: *Oh, die Kerze die ich auf den Teppich habe fallen lassen, hat diesen in Brand gesetzt.* Solche Dinge lassen sich durch Übungen noch besser vermeiden. Da sich in der Klinik eine Demenzstation und solche Leute wie ich befinden, deren Rücken die Form eines C hatten, gab es auch eine Rückenschule. Nach zwölf Wochen kann man wieder als Steinschlepper an der Cheopspyramide mitwirken, oder alternativ eben etwas anders.

Dann gab es da noch die Ergotherapie, die den Erkrankten helfen sollte, wieder in Arbeitsleben einzusteigen, oder einfach um kreativ am Wirken zu sein. Nicht jeder hat die Möglichkeit, seine Gedanken auf den Bildschirm zu bannen, wie meine Wenigkeit. Wichtig war dort, dass man nicht zeigte, dass einem etwas Spaß machte, sonst musste man als Werkstück etwas anders tun. Weil man ja zum Lernen da war und nicht zum Faulenzen. Das stimmte bei den meisten sogar wirklich. Aber manche Patienten kamen praktisch mit offenem Mund in die Klinik. Sie erwarteten, dass die Pfleger und Therapeuten alles machten und sie am Ende *geheilt* nach Hause gehen konnten, wenn sie nur die zwölf Wochen hier ertrugen. Das Leben ist eben kein Ponyhof und nicht alle Ponys sind schön.

Es gab auch Sport und Bewegungstherapie zur Unterstützung. Am wichtigsten Wohl das große DBT-Manual, also das Therapie Konzept, welches ursprünglich für Borderline ausgelegt worden war, aber auch Teile ADHS-spezifische Dinge enthielt. Ein Blick in das Manual verriet mir, mit meinem ADHS war ich vergleichsweise gut dran. Viele Probleme, die jene Borderliner hatten, kannte ich gar nicht. Klar war von Anfang an, dass ich viel allein an mir arbeiten musste, aber genau das entsprach ja auch ein Stück weit meinen Wünschen. Ich bin ein sehr freiheitsliebender Mensch. Ich versuche die Dinge gerne selbst,

Bedienungsanleitungen werden grundsätzlich geflissentlich ignoriert und die Dinge eigenmächtig in die Hand genommen.

Dann gab es natürlich noch Einzelgespräche mit seinem Bezugspfleger und dem Therapeuten. *Viel Feind, viel Ehr* soll einmal ein Kaiser gesagt haben. Immerhin hat er es bis zum Ende so durchgezogen, er hatte Durchhaltevermögen. Gut, sein Land musste, nachdem es gegen Russland, Amerika, Frankreich, das britische Empire und andere Nationen gekämpft hatte; also praktisch die halbe Welt, den Versailler Vertrag unterschreiben. Aber er ist sich treu geblieben. Nur ob das für die Unterlegenen und die Opfer so tröstend war, wage ich beinahe zu bezweifeln.

Am Anfang beschloss ich, zwei Wochen zu bleiben, um es mir anzusehen. Wenn es schlimm werden würde, könnte ich ja gehen! Ich war ja auf eigenes Betreiben hier und nicht zwangsweise eingewiesen - das wäre ja noch schöner gewesen, weil ADHS ist ja keine psychische Krankheit, sondern eine Störung.

Langsam lebte ich mich ein. Frühstück, danach eine Morgenrunde, wo man zusammensaß. Man erzählte, wie es einem ging, dann gab es Therapien, Mittagessen, wieder Therapien und gegen 16:00 Uhr war es meist vorbei. Um 18:00 Uhr gab es Abendessen, von den Therapien und Essenszeiten abgesehen, konnte man seinen Tag selbst und frei gestalten. Man war eben letztendlich so frei, wie man sich fühlte.

Freiheit fing demnach bei einem selbst an.

„Wir hätten wohl lieber fangen spielen sollen"

Wer kennt es nicht, die Spiele aus der Kindheit? Das waren noch Zeiten, damals, wie es wohl in meiner Kindheit war. Ja, da war die Welt noch in Ordnung. Die Mark war noch was wert, es wuchs in Deutschland noch eine gute Generation heran. Vor allem die Achtundachtziger. Die Grünen trugen selbstgestrickte Pullover und im Fernsehen liefen nur pädagogisch wertvolle Sendungen. Es war irgendwie alles besser, vermutlich war sogar das Wetter besser und das Gras grüner. Wir verklären die Vergangenheit gerne, aber sie ist vergangen, wir können sie nicht ändern und Chuck Norris, will sie nicht ändern. Dumm gelaufen, würde ich sagen. Aber man darf sich trotzdem noch mit Wehmut an die schönen, alten Spiele von damals zurückerinnern. Fangen, verstecken, Räuber und Gendarm und Flaschendrehen. Ich habe sie in meiner Kindheit gerne gespielt. Ich bin noch mit den Gameboy schwarz-weiß groß geworden. Wir haben also tatsächlich noch unsere Kindheit an der frischen Luft verbracht - und wir haben sie überlebt.

Aber zurück zum Flaschendrehen, womit wir beim heutigen Abend wären. Alkohol ist in der Klinik strengstens verboten. An diesem Abend aber habe ich mir gewünscht, er wäre es nicht, anders war es kaum zu ertragen. Mitpatienten und meine Wenigkeit saßen gemütlich zusammen und wir kamen auf alte Spiele zu sprechen. Später dann über Wahrheit oder Pflicht und Flaschendrehen - was wir dann auch gemacht haben. Ich fasse mal den Abend zusammen.

- *Mit meiner Heterosexualität bin ich eine geringe Minderheit.*
- *Wenn es mich interessieren würde, wüsste ich, seit wann jeder keine Jungfrau mehr ist.*
- *Man kann Nutella von allen möglichen Körperteilen lecken.*
- *Auch auf Friedhöfen kann man ohne Schamgefühl Sex haben.*
- *Es ist also möglich, mit elf Jahren Sex zu haben.*
- *Ab fünf Teilnehmern ist Sexualverkehr eine Orgie.*
- *Menschen haben die sonderbarsten sexuellen Vorlieben.*

Wie heißt es in Thomas Manns berühmten Werk *Mario und der Zauberer:* „Niemand verkannte, dass hier ein vorgefasster Entschluss zum entscheidenden Widerstande, eine heroische Hartnäckigkeit zu besiegen waren. Dieser Brave wollte die Ehre des Menschengeschlechtes heraushauen."

Ich fühlte mich wie der Mann oben, der feine *Römische Herr.* Aber das ist nicht schlimm, alles wird gut, pflege ich zu sagen.

Notiz an mich: Alkohol ist keine Lösung, jedenfalls nicht immer!

„Ich kam, sah und verbreitete Chaos"

Ich habe eine einmalige Gabe, ich kann Ordnung in Chaos verwandeln. Gut, können andere auch, aber man muss aus Zitronen Limonade machen, sagt mein Therapeut immer und so mache ich aus meiner Schwäche eben eine Fähigkeit. Finde ich gut! Ich schaffe es, ein ordentlich aufgeräumtes Zimmer innerhalb weniger Stunden, in das Chaos selbst zu verwandeln - kann nicht jeder. Das soll sogar einmal eine Zeitung gerettet haben. Man erzählt sich die Geschichte, dass der Chefredakteur einer deutschen Zeitung in Prag, einmal seine Zeitung durch Chaos gerettet hätte. Er hatte immer ein großes Chaos in seinem Büro und als man nach dem Ersten Weltkrieg alle Deutschen aus Prag werfen wollte, beziehungsweise vertrieb und in das Zeitungsgebäude eindrang, geschah das Wunder. Der Mob sah das Zimmer und einer sagte:

„Da waren wir schon", und sie zogen weiter. Den Trick muss ich mir merken. Bei meinem Zimmer hätten sie vermutlich gesagt:

„Da waren wir anscheinend schon ein dutzend Mal."

Das Dumme hält Ordnung, das Genie beherrscht das Chaos, heißt es.

Ich erklärte das Chaos in meinen Kopf zum Prinzip – I.C.H.

Finde ich gut, das Zitat von mir selbst! Ich habe also eine gute Fähigkeit. Leider sieht das meine Umwelt anders, aber der gute Galilei wurde auch erst nach seinem

Tod wirklich anerkannt. Hoffe, bei mir geschieht es früher! Tot hat man wenig von seinem Ruhm, viele bekannte Künstler bekamen erst nach ihrem Tod, die verdiente Anerkennung.

Aus dem Chaos entstehen Ideen und Kreativität. Die Welt wurde ja laut biblischer Überlieferung aus dem Chaos geschaffen. Das Chaos gehört zu mir, es ist ein Stück weit ein Teil meiner Identität und ich gestehe, es hat schon einige lustige Situationen erzeugt. Sicher, es sind schon genug Sachen verschwunden, immerhin kurbelt es die Wirtschaft an, aber es erzeugt auch schöne Momente, die ich nicht missen wollte. Daher - ich kam, sah und es herrschte Chaos.

Wenn ich mal bei einer Miss Wahl teilnehmen sollte - nach einer Geschlechtsumwandlung natürlich - werde ich den Rahmen dieser Veranstaltung sprengen. Anstatt Weltfrieden wünsche ich mir Weltchaos. Wäre doch mal was anderes anstatt das übliche *Weltfrieden* und *Knutsch - die - Bäume* - Blablabla.

„Von Medizinmännern und Dorfhexen"

Eine Freundin erzählte mir, ihr Vater wäre Heilpraktiker. Ich habe mir die Frage verkniffen, bei welchem Medizinmann er seine Ausbildung gemacht hat. Ich finde es faszinierend. Die Menschen lassen sich für viel Geld an Elektromaschinen von Scharlatanen mit Diplom/Abschluss anschließen und erwarten, dass sie geheilt werden. Da kann man genauso gut nackt um das Feuer hüpfen und dabei ein Lied singen. Würde vermutlich mehr bringen. Offenbar arbeiten viele solcher

Leute beim US-Militär, denn das Jagen von Strom durch fremde Körper ist dort auch verbreitet - zumindest laut den letzten Enthüllungen. Werde mal eine Zusammenarbeit vorschlagen, man kann nur von den Erfahrungen der anderen lernen.

Selbstverständlich habe ich all das verschwiegen, besitze einen gewissen Selbsterhaltungstrieb und jeder, der einmal eine wütende oder rasende Frau gesehen hat, vergisst da ganz schnell wieder die Sache mit dem schwachen Geschlecht und der Schutzbedüftigkeit. Das ist in ungefähr so haltbar wie die Behauptung, Frauen seien das friedliebende Geschlecht oder die Aussage des ehemaligen DDR Politikers Walter Ulbricht, der beschwor, dass niemand die Absicht hätte eine Mauer zu bauen, während die Bauarbeiter schon die ersten Steine legten!

Wenige Tage danach hatte ich ein Gespräch mit einer guten Freundin meiner Mutter, wir hatten es mit Belladonna, Globuli und anderen homöopathischen Präparaten. Sie offenbarte mir, dass die Pflanzen, welche in Globuli enthalten wären, genau um Mitternacht gepflückt werden müssen und genau dreißig verschiedene Pflanzen sein sollten. Je mehr man sie verdünnte, desto mehr wirken sie. Die Leute, die sich für Napoleon oder Gott halten, erscheinen dann in einem viel milderen Licht, wenn man bedenkt, wie viele Menschen an Potenzieren glauben. Mal abgesehen davon, dass sich Dinge wie Wasser nicht erinnern können, gilt *weniger* nur für Verrückte *mehr*. Die Homöopathie spottet zwar jedem Naturgesetz, aber das scheint die Anhänger nur noch mehr zu befeuern. Die Freundin meiner Mutter offenbarte mir, dass ihre Großmutter Heilerin gewesen wäre und sich mit Kräutern auskannte. Zum Glück ist die letzte Hexenverbrennung verdammt lange her. Aber wenn wir Deutschen weiter so geistige Rück- oder Fortschritte machen - je nach Blickwinkel - vielleicht verbrennen wir ja bald wieder Zauberer. Also diejenigen, die Globuli verhexen oder falsche, pflanzliche Heilmittel herstellen ....

Oder aber wir verbrennen die Pharmazeuten, die uns alle vergiften wollen, mit ihrer unmenschlichen Medizin - welche, die Medikamente nur herstellen, um Profit und Geld zu machen. Die Hersteller von Globuli und Co. sind alles reine Menschenfreunde, ja richtige Philanthropen. Man sollte ihnen fast schon den Friedensnobelpreis verleihen, jedem Einzelnen von ihnen. Der Staat Israel sollte jedem von ihnen den Titel *Gerechter unter den Völkern geben*, für ihren selbstlosen Einsatz zum Wohle der Menschheit. Wer verbrennt den die ganzen Pharmazeuten? Eine neue heilige Inquisition ist sicherlich leicht gefunden und rekrutiert, militante Terroristen – oder besser – Genfeldbefreier; klingt netter als Zerstörer, gibt es auch genug im Lande. Die überwacht denn sicher gerne, dass keine ketzerischen Pharmazeuten weiter unwirksame Medikamente herstellen sondern welche, die helfen.

„Ich bin doch sensibel ... ja wirklich du Penner"

Ich wäre nicht sensibel genug, nur weil ich einem Mitpatienten gestanden hatte, dass er wohl nicht zum Sänger geboren war. Ist es meine Schuld? Gut, vielleicht hätte ich die Worte *Plage*, *Ohrendurchfall* und *Bitte geh zum Singen in den Keller* nicht erwähnen müssen, gebe ich ganz selbstkritisch zu. Aber das war eine Ausnahme ... ehrlich! Ich würde niemals gemeine Dinge über die Leute sagen! Das soll sich die dumme Kuh von Krankenpflegerin mal hinter ihre Segelohren schreiben. Ich bin froh, dass ich schon erwachsen bin. Wer weiß, was man mit mir angestellt hätte. Gut, vielleicht wäre dann SAW V aus meiner Feder geschlüpft, weil ich viele neue Ideen erhalten habe. Manche Erfahrungen muss man im Leben nicht gemacht haben. Also Dinge wie, dass der Kopf zwar durch das Treppengeländer passt, aber danach nicht mehr rückwärts raus. Oder gar, dass nicht jeder Mensch FKK-Strände besuchen sollte. Ich habe versucht, die Gehirnzellen, die sich an letzten Sommer erinnern, mit Alkohol zu ertränken. Es funktioniert leider nicht. So werde ich wohl bis zum hohen Alter die Erinnerungen an einen Pulk nackter, alter Menschen behalten...

Was bedeutet sensibel eigentlich? Das man bei jeder Kritik in Tränen ausbricht, wie die armen Seelen, die vom Dieter bei RTL so böse fertig gemacht werden, bis sie heulen?

Die Engländer wollten die Strafgefangenen aus dem Weg haben. Väterchen Lenin wollte vom russischen Forscher Pawlow wissen, ob man Menschen denn genau wie den Pawlow'schen Hund konditionieren könnte. Er wollte unerwünschtes Verhalten ausschalten. Die Moderne kennt solche plumpen Methoden nicht mehr, sie ist da viel subtiler geworden. Wir müssen ständig sensibilisiert werden. Gegen Faschismus, gegen Schwulen- und Lesbenfeindlichkeit, gegen Umweltverschmutzung, gegen Krieg, gegen Gewalt. Fertigkeiten wie Lesen und Schreiben können dort gerne mal in den Hintergrund treten. Sie stören nur bei der Schaffung eines modernen, weltoffenen, umweltbewussten Bürgers. Gespräche, Ritalin, Chi Gong sind Allheilmittel. Wer sich nicht sensibilisieren lässt, ist sicher für Atomkraft. Wird von der Tabak und Waffenlobby finanziert und tötet, wenn keiner hinsieht, kleine Pandabärenbabys im Zoo. Als geheilt gilt im Übrigen, wer kritiklos am Morgen die Zeitung liest.

„Sport ist nicht immer Mord, außer man heißt Jürgen Möllemann"

Ein Blick auf den Plan ließ mir das Blut in den Adern gefrieren. Sport! Genauso gut hätte dort auch Bungee Jumping, oder mit verbundenen Augen Motorrad fahren, stehen können. Der Effekt wäre ähnlich gewesen. Sport war doch Mord, vor allem wenn man Jürgen Möllemann hieß. So hievte ich meinen durch viel Therapien und intensives Training geformten Adoniskörper nach oben. Irgendwie war der Luftwiderstand stärker geworden und die Pizzatherapie und das Couch-Liege-Training, waren doch nicht so optimal wie gedacht. Hätte ich mir auch denken können, alles was Spaß macht, macht dick, ist verboten oder unmoralisch. Wie sagte einmal der große gallische Philosoph Obelix: „Ich bin nicht dick, ich bin nur nicht so verkümmert."

Außerdem kann man dicke Kinder nicht so leicht kidnappen. Davon abgesehen, hätten mich die Entführer sowieso nach einer Stunde wieder freigelassen. Spätestens! Aber ich kämpfte mich durch. Mein Kampf sozusagen und eine gruselige Erkenntnis befiel mich. Also in etwa, als ob man feststellt, dass einem die Musik der pubertierenden Boygroup gefällt oder man feststellt, der Hintern, dem man hinterhergesehen hat, war das Hinterteil von einem Kerl. Ich erkannte, Sport war kein Mord, es machte sogar Spaß. Was entdecke ich morgen? Das Gemüse schmeckt? Grausige Vorstellung!

Nach dem Sport war ich duschen, stolz auf meinen Willen zur Fitness - der Geist ist stark, das Fleisch ist schwach - verließ ich die Dusche. Ich trug ein langes Handtuch und hörte folgenden Satz: „Ich habe sie joggen sehen, echt fleißig, aber bitte ziehen sie einen Bademantel an, wir sind auf einer Traumastation."

Ich habe mir überlegt die Pflegerin bei der Sozialarbeiterin der Klinik zu verpetzen, damit sie die mal sensibilisiert. Habe aber beschlossen, da ich sie mag und dass ich ihr das nicht antue.

Ja, ich jogge nun jeden Morgen, meine halbe Stunde. Am Anfang war es sehr schwer, aber ich merke, wie gut es mir tut. Es macht die Gedanken frei. Frei im Übrigen, um meine drei Sinne voll einzusetzen: Wahnsinn,

Blödsinn und Irrsinn. Diese drei kann ich allerdings nur in kleinen Dosen von mir geben, sonst ist meine Umwelt überfordert. Ich bin ja zum Glück zu alt, um zur Adoption freigegeben werden zu können. Also zu spät, *Mamuschka*, wenn du die Zeilen liest.

„Von Löwen und Antilopen"

Mittwoche bringen bekanntlich Unglück wie jeder weiß, ich glaube, wir sollten den Karfreitag lieber am Mittwoch feiern, dem gefühlten Todestag Christi oder Mittwoch den Fünfzehnten, oder so.

Es ist meine zweite Woche hier auf der Station. Mein Zimmernachbar erklärte mir, dass ein Bossfight anstehe, ein würdiger Endgegner für die Woche. Was hieß das? Würde man uns zwingen das Klinikessen zu essen? Viel Diabolischer! In die Höhle des Löwen! Zur Chefarztvisite! Dort sitzen sie dann alle, die Pfleger, die Therapeuten und die Oberärztin. Sprichwörtlich wie die besagten Löwen lauern sie: Wann macht das Opfer die erste falsche Bewegung, wann ist Zeit die Antilope zu reißen? Ein falsches Wort, eine falsche Bewegung, ja nur ein leichtes Augenzucken. Jeder Fehler kann schlimme Konsequenzen nach sich ziehen.

Mit diesem Gefühl betritt man schließlich die Chefarztvisite. Es stellte sich heraus, alles nur halb so wild, nach zehn Minuten ist alles vorbei, man fühlt sich wie jemand, der knapp dem Tode entkommen ist. Eine Erfahrung die ich mit Zehntausenden Menschen, die aus

Versehen *Pokerface* von Lady Gaga hören mussten, teile. Ist vermutlich nur ein Spaß, um neue Patienten einzuschüchtern. Da behaupte noch einer, nur ich hätte einen seltsamen Humor. Plötzlich wird mir bewusst, dass mein Humor im Vergleich ja schon richtig sonnig sein muss, ja er im Vergleich wie ein Urlaub in der Karibik wirkt. Aber ich bin ja nicht hier, um Spaß zu haben, oder aus reinem Vergnügen, im Gegenteil.

„In Kalorien verpacktes Sägemehl" oder „Klinikessen"

Ich bin Student, heißt, ich esse so gut wie alles. Hauptsache es macht satt! Denn in der Regel ist man es selbst, der am Herd steht. Aber das Essen in der Klinik ist unterirdisch! Wenn unsere Jungs in Afghanistan dasselbe bekämen, könnte ich es ihnen nicht verdenken, wenn sie allesamt zu den Taliban überliefen.

Ich bin einer der größten Verehrer von Schnitzel und diese Klinik hat es tatsächlich geschafft, mir diesen Genuss madig zu machen. Wie verdammt noch mal, ruiniert man ein Schnitzel? Ein Schnitzel ruinieren? Ein Schnitzel! Man macht die Panade auf das Schnitzel, macht Öl oder Butter in die Pfanne, erhitzt sie anschließend. Danach wirft man das Schnitzel hinein und passt auf, dass es nicht anbrennt, holt es aus der Pfanne und legt es auf einen Teller! Das ist doch nicht so schwer … oder?

Mein einziger Trost ist, wenn der Koch sich beim Sex genauso dumm anstellt wie beim Kochen, werden seine blasphemischen Gene nicht weitergegeben. Aber nicht nur das Schnitzel. Mich beschleicht allmählich das Gefühl, dass es eine Art Therapie sein könnte, um uns auf die raue Wirklichkeit vorzubereiten. Aber was auch möglich wäre, wir sind in die Hände von Sadisten gefallen. Eine andere Erklärung gibt es dafür nicht! Ich bin ein Student, ich esse so gut wie alles, aber sogar meinen Gaumen beleidigt der Koch jedes Mal aufs Neue. Jedes Mal würde ich gerne aufs Neue den Dschihad ausrufen!

Vermutlich werden so die Schwertschlucker für den Zirkus trainiert. Ob Schwert, Feuer oder das Klinikessen, nach einigen Wochen Klinikfraß werde ich den Unterschied so oder so nicht mehr merken. Ob es jetzt Brei, Apfel, Schokolade oder Schwert war. Bin am überlegen den Koch zu fragen, ob er früher für den Zirkus gearbeitet hat. Aber immerhin tun sich nach der Klinik so einige Verdienstmöglichkeiten auf. Wenn das mit Sozialarbeiter nichts wird, könnte ich als Schwertschlucker arbeiten. Ich warte nur auf den Tag, an dem sich der Gaumen freiwillig schon vor dem Essen verabschiedet, leise werde ich dann wohl noch hören: *Ich bin dann mal weg* und dann schmecke ich nichts mehr.

„Die Morgenrunde und AL Qaida"

Morgenstunde hat nicht immer Gold im Munde, in der Morgenrunde auch nicht. Die Patienten und die Pfleger sitzen im Kreis und jeder sagt, wie es einem geht, wie man geschlafen hat und wie die Stimmung ist. Ich kann das ewige: *Nicht so gut* und *die Werte eins und zwei auf einer Skala von eins bis zehn,* nicht mehr hören, da wird man ja selbst noch depressiv. Man will schreien: „Sag verdammt noch mal endlich drei oder vier."

Ich fühle mich an *Dinner for One* erinnert, wo der Butler zu Miss Sophie sagt: „The same procedure as every year?" Ich verkneife mir mit Mühe und Not zu sagen, dass mein Schlaf wunderbar war, weil ich davon geträumt habe, Leute, die mir jeden Morgen dieselben dummen Fragen stellen, endlich zu erwürgen. Da die geschlossene Abteilung C0 nicht sehr weit ist, unterlasse ich besser, es zu sagen oder zu tun. Meine Antwort hebt die Stationsstimmung wohl auf einen Wert von drei oder vier, weil ich mich am Leben an sich erfreuen kann.

Emanuel Kant hat einmal gesagt: „In prekären Situationen gibt es eine Art Pflicht zur Zuversicht. Eingedenk des Bösen, dass man tun und einem angetan werden kann, kann man immerhin versuchen, so zu handeln, als ob ein Gott oder unsere eigene Natur es gut mit uns gemeint hätten."

Einmal die Woche gibt es dann noch die Stationsversammlung, wo die Probleme der Station besprochen werden. Es meldete sich eine Patientin zu Wort. Mit dem Brustton der moralischen Überzeugung, die nur eine Person haben kann, die jede Freude und Spaß am Leben verloren hat und ihr untotes Dasein nur dazu benutzt, anderen das Leben madig zu machen. Sie fühle sich gestört, wenn die Männer nur mit einem großen Handtuch bekleidet, von der Dusche in das Zimmer gingen. Man hat also unsere nackten Arme und Schultern gesehen und unsere Unterschenkel und vermutlich sind wir noch unter dem Handtuch nackt? Ein Skandal! Kleidung ist letztendlich auch nur ein Handtuch mit Fäden. Aber die Basis hätte sich letzte Woche entschieden, dass man es nicht sehen wolle. Also mussten wir uns dem beugen. Manchmal muss man sich an Regeln halten, auch wenn es schwerfällt, selbst wenn man keine italienischen Wurzeln hat.

Plötzlich wurde mir klar, warum Frauen so lange duschen. Klar, wenn ich fünf verschiedene Duschgels sowie fünf verschiedene Bodylotions benutzen würde, mich danach noch vollkommen trocken abreiben, und mich anziehen würde, würde ich auch eine Stunde brauchen. Bei so einem Kult und Aufwand ist das kein Wunder, in der Zeit wo manche Frauen duschen, schreiben andere eine ganze Romantrilogie.

Ach ... die Basis, auf Arabisch heißt das Wort im übrigen Al Qaida. Was hat Al Qaida damit zu tun? Hoffentlich nichts, es bleibt nur zu hoffen, dass die nie auf die Station kommen, den sie würden dort ideologische Verbündete finden. Deren Ansichten zum Thema Nacktheit und derer der Basis decken sich nahezu. Aber vielleicht sollte man sie doch zu Al Qaida schicken, eine Zusammenarbeit vorschlagen, aber Al Qaida würde vermutlich abwinken, denn mit Fanatikern will man dort nichts zu tun haben.

„Gemeinschaftserlebnisse und Medikamentenneid"

Gemeinschaftserlebnisse, wer vermisst sie nicht? Man fühlt sich so ausgegrenzt, wenn die anderen ein Erlebnis haben und man selber nicht. Auch wenn man nicht immer alles erleben sollte, aber will. Heute ist der große Tag, auf den ich schon lange gewartet habe. Schon sieben Tage! Heute war der Tag, an dem ich von der Pflege auch Medikamente bekomme. Ich erhalte Medikinet, also Ritalin im Volksmund. Jetzt weiß ich, wie es ist, wie man mit Würde behandelt wird.

Der Pfleger brummt: „Hier, Ihr Medikament." Die Tablette fällt in deine Hand und du steckst sie in den Mund und schluckst sie. Fühlt sich an wie eine Fütterung bei Tieren, ich hoffe, dass ich nie in ein Altersheim komme. Menschliche Würde hat ihren Preis. In dem Fall vermutlich bis auf den Cent ausrechenbar.

Es scheint ein Medikament zu geben, das ähnlich begehrt ist wie Gold, Tabor heißt es. Es hilft Leuten, die nachts grübeln, einzuschlafen. Es wirkt sehr gut, aber macht wohl süchtig und wird deswegen schnell wieder abgesetzt. Ich schwöre, eines der ersten Dinge, über die sich die Leute unterhalten ist, welche Tabletten sie nehmen! Auch welche sie gerne hätten und wer sie kriegt und das man deswegen neidisch ist. Fast wie im echten Leben und draußen, nur geht es da halt um … hm, Kleidung, Schuhe, Schal, Auto, also ähnlich hohl. Gut, dann hätten wir das ja geklärt.

Aber es ist ein ständiges Gesprächsthema. Es vergeht kaum ein Tag, an dem ich nicht irgendwo das Gesprächsthema vernehme. Fast als ob es keine anderen

Themen gäbe. Manchmal glaube ich, dass die Menschen hier drin vergessen, dass sie einmal außerhalb der Klinik gelebt haben und dorthin zurückkehren werden.

Ich scheine außerdem in eine Art Sippenhaft geraten zu sein. Alex und einen Pfleger verbindet viel, vor allem Abneigung. Irgendwie habe ich es als sein Zimmernachbar geschafft, da mit reinzugeraten. Wir beide schreiben ungefähr achtzig Prozent der Verhaltensanalysen auf der Station, die insgesamt siebzehn Leute hat. Abgekürzt wird es VA, vergleichbar mit einer Strafarbeit. Mit dem Unterschied, dass es helfen soll, die kurz- und langfristigen Folgen des Verhaltens abzuschätzen und sinnvolle Handlungsalternativen aufzuzeigen. Wird aber eben auch als Bestrafungsmittel angewandt. Wir sind so etwas wie das Bad Boys Zimmer auf der Station. Ich bin etwas der unfreiwillige Rebell, eine Rolle in die ich oft einfach ohne Absicht reinrutsche. Aber wir sind auch das lebhafte Zimmer. Wir sind der soziale Mittelpunkt der Station. Auch etwas was ich mir nicht immer ausgesucht habe, ich bleibe den Menschen im Gedächtnis. Ich treffe, wenn ich meiner Heimatstadt bin, manchmal noch meine alten Lehrer und die kennen mich alle noch. Mein Halbbruder, der auf derselben Schule ist, erzählt, dass ihn Lehrer, die ich nie hatte, auf mich ansprechen. Selbes Phänomen auf der kaufmännischen Schule, da kannten mich auch Lehrer, die ich nie hatte. Aber so ist das eben, man kann sich seine Rolle nicht immer aussuchen, die man bekleidet. Nicht mal im Theater, geschweige denn im Theater des Lebens. Wir können versuchen es anderes zu machen, aber der Strom des Lebens reißt uns manchmal ein Stück mit, ohne dass wir das tun können, aber letztendlich ist man doch seines Glückes Schmied. Das Leben formt uns, aber die Entscheidung liegt bei uns, was wir damit anfangen. Wir haben die Entscheidung am Ende, wie wir auf die Prägungen und Ereignisse die uns passieren reagieren.

„Warum eigentlich Sozialarbeiter oder Ich lasse meinem Hass auf die Menschheit freien Lauf"

Wurde in einem Gespräch gefragt, warum ich Sozialarbeiter werden will? Wenn ich ganz ehrlich bin, so genau weiß ich das auch nicht. Vielleicht weil ich Menschen liebe? Ja, meistens sogar die, über die ich mich in diesem Tagebuch lustig mache. Vielleicht sogar gerade die, wären sie mir egal, würde ich sie gar nicht erwähnen. Liegt es daran, dass ich ein Menschenfreund bin und ich gerne helfe?

Ich glaube, dass jeder Mensch das Recht hat, die Chance zu erhalten, seines Glückes Schmied zu sein. Jeder Mensch sollte aber auch das Recht haben, dass er als freier erwachsener Mensch in sein Unglück zu rennen darf, eben weil er ein freies erwachsenes Individuum ist. Ich als Sozialarbeiter will diesen Menschen helfen, sich selbst zu helfen. Ich will auch Sozialarbeiter werden, weil ich an die Wahrheit, die Gerechtigkeit und die Menschheit glaube. Auch wenn viele Dinge mich da pessimistisch stimmen müssten.

Der Pessimist sieht das Dunkle im Tunnel.

Der Optimist sieht das Licht am Ende des Tunnels.

Der Realist sieht im Tunnel einen Zug kommen.

Und der Zugführer sieht die drei Idioten auf den Gleisen sitzen.

Aber mal im Ernst, ja ich glaube sogar, dass ich durch meine Biografie dazu fast schon berufen bin. Es mag altmodisch klingen, aber ich glaube tatsächlich, das ist mein Weg und all mein Leid hatte einen Sinn.

Ich erkannte, dass vieles schwer in meinem Leben gewesen war, weil ich es schwer gemacht hatte.

Probleme hatte ich immer verdrängt und wollte sie allein lösen. Ich glaube, alles in Leben hat einen Sinn.

Es mag sein, dass ich es glauben will, dass mein Gehirn sich etwas durchbastelt, um mit dem Erlebten besser klarzukommen. Es ist sogar möglich, dass ich mich irre, aber manchmal lebt es sich besser in einer Illusion. Vielleicht glauben wir auch nur, dass wir existieren und in Wahrheit existieren wir überhaupt nicht, aber weil wir darüber nachdenken, heißt es, dass wir doch existieren. Was aber wiederum bedeutet, dass wir nicht existieren. Spaß beiseite, wer weiß schon, was wirklich ist und was nicht. Ich glaube tatsächlich, dass eine höhere Macht mich durch all die Höhen und Tiefen geführt hat, um mich stark zu machen. Stark für andere und stark für das Leben!

Dies Tagebuch ist letztendlich auch nur ein Versuch, mit allem klarzukommen. Daher kann ich nur raten, Tagebuch oder Gedichte zu schreiben, es lohnt sich. Man lernt viel über sich und andere, man beginnt die Dinge aus einem anderen Blickwinkel zu sehen.

„Heimat ist da, wo das Herz ist"

Das sagt zumindest der Volksmund. Es mag stimmen, aber für mich ist Heimat ein doppelter Begriff. Zum einen ist Heimat immer die Stadt, wo ich länger wohne, also derzeit Freiburg. Heimat ist aber auch die Gegend, wo ich geboren wurde und wo meine Eltern bis heute leben. Das Achertal. Die Kreisstadt heißt Achern und gehörte einmal zu Vorderösterreich. In einem kleinen Dorf besitze ich eine Wohnung, das Wohnhaus meines Vaters. Dort komme ich unter, wenn ich Heimaturlaub mache.

Achern, eine badische Kleinstadt, wie viele andere auch. Vor einhundertfünfzig Jahren noch ein bäuerliches großes Dorf, ein Dorf ist es im Grunde geblieben. Noch im Jahr 1850 bestand das Gefängnis aus einem von einer Wirtin vermieteten Zimmer, wo die Fenster zugenagelt wurden. Praktisch veranlagt waren die Einwohner schon immer, die umliegenden Dörfer wurden durch falsche Versprechungen in den eigenen Machtbereich eingegliedert, um sich größer zu fühlen. Auch wird ihr Bürgermeister dann zu einem Oberbürgermeister. Statt eines Jugendzentrums hat man einen Bahnhof gebaut. Zumindest wirkt der Bahnhof so. Vielleicht wäre die Aufstellung eines Glascontainers am Bahnhof nicht verkehrt? Zudem noch einen Mülleimer, wo die Diabetiker unter den Jugendlichen ihre Spritzen einwerfen können. Zugegeben, Spritzen findet man sehr selten, aber Glasscherben praktisch immer. Vermutlich würden die Acherner ihren eigenen Bahnhof ohne die Berge Glasscherben gar nicht wiedererkennen.

Achern liegt ungefähr auf der Höhe von Straßburg und dementsprechend oft gibt es Besuch von dort. Nicht unbedingt die Sorte von Besuch, die sich eine Stadt wünschen sollte. Für richtige Ghettos ist Achern zwar zu klein, aber zwei bis drei Straßenzüge werden von Türken sehr stark in Anspruch genommen und zwei große Hochhäuser von Russlanddeutschen. Wie es nichts anders sein könnte, gibt es immer wieder Schlägereien. In Anbetracht der Umstände, dass Achern einer der größten Drogenumschlagplätze von Baden-Württemberg ist, aber vergleichsweise wenig. Fahrräder am Bahnhof haben die durchschnittliche Lebensdauer einer Wodkaflasche in einem russischen Haushalt. Da wirkt die Polizeistation lächerlich unterbesetzt. Aber es würde ja Geld kosten, das zu ändern. Vielleicht steht uns wie in England eine Art *Neightbour Watch* bevor? Also die Bürger patrouillieren teilweise selbst um ihre Viertel. Aber nichtsdestotrotz ist das Achertal eine wunderschöne Gegend und Achern eine kleine Provinzstadt, die ihren Reiz hat. Wenn man kleine Städte mag, könnte ich Achern zum Wohnen sofort weiterempfehlen. Man muss sich halt im Klaren sein, dass es nur eine begrenzte Zahl Einkaufsläden gibt und die Menschen dort anders als die Großstädter sind.

Der Alemanne, der Franke und der Schwabe haben laut einheimischer Propaganda das Beste ihres jeweiligen Volksstammes hinterlassen. Ob es jetzt stimmt oder nicht, es liegt auf jeden Fall auf der fränkisch-alemannischen Schnittstelle. Ich gestehe, wenn ich in der Diaspora in Freiburg höre, jemand stammt aus dem Achertal, hüpft mein Herz jedes Mal ein kleines Stück. Einmal wäre ich einer wildfremden Person fast um den Hals gefallen - zugegeben es war ein hübsches Mädel und so hätte ich eine gute Ausrede dafür gehabt. Achern ist Achern und das ist gut so!

Geboren wurde ich in Großweier das zu Achern gehört, einem *Negerdorf*, wie mein Vater zu sagen pflegt. Man spricht ihn drauf an, warum sein Sohn nicht die Vorhänge hochzieht - das Fenster ist im Übrigen zwei Meter über der Straße. Das ist halt auf dem Land so. Ich bin ein Dorfkind, weiß also, dass Kühe nicht lila sind. In der Grundschule habe ich den ganzen Spaß mitgemacht, wie jedes andere Dorfkind auch. Wie der Baum im Dorf heißt, warum er für das Dorf wichtig ist, ja, für die gesamte Menschheit und warum er damals gepflanzt wurde. Das nennt sich Heimatkundeunterricht. Aber wir haben auch etwas über die Geschichte unseres Heimatdorfes und unserer Region erfahren, was ich für wichtig erachte. Aber ich muss gestehen, ich erinnere mich nur noch daran, dass wir einmal eine Dorfrallye machen mussten, mehr weiß ich leider nicht mehr. Als Dorfkind war es selbstverständlich für mich, zur Kommunion zu gehen, das tat man einfach. Genauso wie man eben entweder in der freiwilligen Feuerwehr oder im Tischtennisverein war.

Ab dem vierten Lebensjahr lebte ich dann im Sasbachried, dem direkten Nachbardorf. Es unterschied sich nicht wirklich von Großweier. Wieso auch? Es war das Gleiche nur in Grün .

Ein Stück weit hat mich das Landleben auch geprägt, meine Sicht der Welt. Mir sind Riesenstädte immer etwas suspekt geblieben, ich brauche jeden Tag frische Luft und einen kleinen Spaziergang. Für mich erscheint es immer noch unverständlich, wenn Läden nach neunzehn Uhr geöffnet haben. Nicht, dass ich mich darüber beschwere, im Gegenteil.

Ich weiß also wie gesagt, dass Kühe nicht lila sind. Mir ist bewusst, dass die Natur kein romantisches Idyll ist. Ich kenne noch gemeinsame Mahlzeiten mit der Familie und vor allem, ich bin stolz darauf.

Ich bin ein Dorfkind und das ist gut so!

„Australien und das Energieproblem"

Die Energieprobleme der Menschheit: Wie wir mittlerweile wissen, sind Atomkraftwerke böse, der Wind bläst nicht so, wie man immer will, auch die Sonne ärgert gerne den Menschen, indem sie nicht zuverlässig genug für Solaranlagen scheint. Das Öl, Gas und die Kohle weigern sich beharrlich, nachzuwachsen. Meine Idee hat aber trotzdem mit Atomkraftwerken zu tun. Meine Idee ist ja wirklich einfach, nur habe ich die Befürchtung, dass die Australier dagegen sein könnten. Man siedelt die Australier um. Sind ja nur zehn Millionen. Ich habe gehört, dass in Mecklenburg - Vorpommern und Brandenburg ganze Landstriche und Dörfer leerstehen, wir kriegen die schon verteilt. Danach retten wir ein paar Tiere aus diesem einzigartig geschlossenen Ökosystem und danach schießt man alle Atomraketen der Erde auf Australien. Dadurch macht man alles Leben platt, heißt, es können schon mal keine X-Men, Mutanten und andere genetisch veränderten Lebewesen entstehen und die

Menschen bedrohen, oder versklaven oder sie nerven. Die letzten Überlebenden aus so einer Idee, rotten irgendwo in Magdeburg oder Tokio in einem Hotel vor sich hin, zum Glück lange nichts mehr von ihnen gehört, was hoffentlich bis zum Tag, an dem ich taub werde, so bleibt … Danach wird einfach aller Atommüll der Erde nach Australien gebracht, in die Berge im Landesinneren sozusagen. Problem gelöst.

Abrüstung und Energieprobleme der Menschheit gelöst.

Ein Freund warf ein, ob mir klar wäre, dass Atome fliegen könnten? Ist mir schon bewusst, aber ich habe nicht behauptet, dass meine Idee perfekt ist! Manche Leute bieten Lösungen an, anstatt Probleme aufzuwerfen, sage ich immer. Das Leben ist kein Ponyhof und auch keine Kängurufarm.

„Von Blutsaugern und Frauen"

Ich fühle mich wie ein Waschlappen. Wie soll ich mir je wieder mit Selbstachtung in die Augen sehen können? Mit stolzgeschwellter Brust in den Spiegel sehen und sagen: „Ich bin stolz?"

Jeder kennt das, es scheint das unvermeidliche Schicksal aller Männer zu sein, dass sie früher oder später Dinge tun, die vollkommen gegen ihre Natur sprechen. Sie tun für ihre Frauen oder Freundinnen Dinge, die sie sonst freiwillig und bei normalem Verstand nicht tun würden. Ich gestehe, ich war immer auf der Seite jener, die andere innerlich als Schwächling bezeichneten, wenn sie das getan haben. Jetzt sitze ich mit diesen Leuten in einem Boot. Ich habe mir tatsächlich *Twilight* angesehen!

Mit diesem Schuldeingeständnis sollte eigentlich das Buch enden, weil der Autor den einzigen, ehrenwerten Ausweg gesucht hat, der existiert. Aber vielleicht zum Glück oder zum Unglück der Menschheit, gab es keine Samurai Schwerter in der Nähe ….

Ich habe allerdings nur eineinhalb Stunden Film zugelassen, dann war der zum Glück vorbei. Mehr Schwachsinn hätte ich ohne Alkohol vermutlich auch nicht ertragen.

Aber fassen wir den Film zusammen:

Bella liebt zwei Kerle - ist ja nichts Ungewöhnliches für eine Frau, in der Regel ist da immer ein Mann, der total nett ist und dann der *Bad Boy*. Zwei Kerle also, der eine will ihr Blut trinken, der andere könnte sie zerreißen, wenn er wütend wird. Sie hält Selbstmord für eine Lösung, weil sie sich nicht entscheiden kann; und dann stellt sie sich sogar für den Suizid zu dämlich an. Deckt sich mit dem Verhalten, was ich bei vielen Frauen festgestellt habe, scheint eine authentische Figur zu sein. Das hieße allerdings, dass wir Männer, da wir auf sie hereinfallen, entweder noch dümmer sind oder sie sich nur dumm stellen, um uns zu täuschen. Ich weiß nicht, was mich davon mehr beunruhigt? Aber zurück zu Bella. Sie hat einen nervösen Tick, streicht sich ständig die Haare zurück. Habe mal gelesen, das sei ein Körpersprachezeichen dafür, dass die Frau einen sexuell attraktiv findet. *Notiz an mich, nächste Freundin muss lange Haare haben.*

Bella scheint ziemlich beschränkt zu sein. Als sie von der Klippe springt, weil sie es ohne Edward nicht mehr aushält und im Meer landet, waren da zu ihrer großen Überraschung Wellen. Wer hätte das gedacht? War überhaupt nicht absehbar. Dank Spoiler Infos von anderen weiß ich, dass sie leider Nachkommen zeugt. Ich hoffe, sie kommen von der Intelligenz nach dem Vater, der scheint etwas klüger zu sein; er hat sie immerhin ins Bett gekriegt. Kann ich mich aber nach einer Stunde Film irren. Die Bücher tue ich mir gewiss nicht an. Der herrschende Vampirclan, der um jeden Preis die Entdeckung von Vampiren verhindern will, führt zwanzig Touristen durch ein Gebäude, um sie dann zu essen. Ergibt Sinn. Ich meine, ich würde nicht nachfragen oder gar nachforschen, wenn meine Eltern im Urlaub plötzlich verschwunden sind. Ich würde es für völlig normal halten, denn das tun sie öfter.

Es ist schon erstaunlich, wie wenig Handlung man in so viele Minuten Film packen kann. Kann auch damit zusammenhängen, dass jede Minute bei diesem Film, wie eine Ewigkeit erscheint.

Außerdem scheint der Indianerstamm, dem Jakob angehört, tatsächlich, wie uns die Medien suggerieren, sich der Behütung der Schöpfung verschrieben haben. Er führt nicht, wie so manch anderer Indianerstamm, lieber ein Spielcasino. Woraus ich die tiefe Liebe dieses Stammes zur Natur schlussfolgere. Weil die männlichen Dauer-Abo-Karten Besitzer des Fitnessstudios einen Streit mit der Textilindustrie auszutragen scheinen. Zumindest mit derjenigen, welche die Oberbekleidung herstellt.

12 „Ich habe Schweden Erfahrungen"...

...könnte ich meiner Lebensgeschichte hinzufügen. Tue ich aber nicht, weil es nur zur Hälfte stimmt und man dann sicher nachfragt, wenn es im Lebenslauf steht. Aber ich weiß, wie man sich hinter schwedischen Gardinen fühlt oder so ähnlich. Schlechtes Essen, vergittere Fenster, ab zwanzig Uhr dreißig keinen Ausgang mehr und wir lernen Körbe flechten. Zum Glück gibt es keine Gemeinschaftsduschen! Ich hebe nicht gerne die Seife auf, da wird der Rücken wieder ganz krumm vom Lastenheben. In der Rückenschule lerne ich, wie mein Rücken gerade wird. Ohne mich, ich will meinen geraden Rücken behalten. Dann wird niemand mehr sagen können, ich säße auf dem Fahrrad wie ein Affe auf dem Schleifstein. Zur Verteidigung der Klinik könnte ich jetzt sagen, dass die Gitter für die Suizidkandidaten gedacht sind. Die festen Abläufe und Zu-Bett-Geh-Zeiten sind für Leute gedacht, die aus ihrem vorherigen Leben überhaupt keine Struktur haben. Es muss aber auch gesagt werden, ich bin dort schon durch meine gepflegtere Ausdrucksweise aufgefallen, die meisten stammten aus eher einfacheren Kreisen und haben auch auf der Straße gelebt. Also hat es schon seine Berechtigung mit den Zu-Bett-Geh-Zeiten. Aber dann wäre es gar keine richtige Satire mehr, also lass ich es lieber.

Manchmal komme ich mir aber wie auf dem Veteranentreffen vor. Jeder Veteran zeigt, wo er vom Feind verwundet wurde. Mancher der sich ritzt, zeigt das nach außen, als wäre er stolz darauf. Aber vielleicht ist es auch der richtige Weg. Also nicht das man sich geritzt hat, sondern dass man offen mit seiner Erkrankung umgeht. Die meisten Menschen verbergen es tief in sich, weil sie Angst haben, damit allein zu sein, was aber nicht stimmt. Borderliner fühlen allgemein sehr viel, können sich sehr gut in andere Menschen hineinversetzen. Ihre Narben zeigen damit eigentlich, wenn man es so möchte, dass sie gefühlt haben. Dass sie eben menschlich sind, auch wenn sie sich selbst oft als Monster fühlen. Eine Ansicht, die ich im Übrigen nicht teile! Diejenigen die ich kennenlernen durfte, waren wunderbare Menschen. Sie waren wie wilde Rosen, wer sagt denn, dass sie nicht schön wären? Vielleicht eine andere Schönheit als man auf den ersten Blick erkennt, aber eine gewisse Schönheit kann ich ihnen nicht absprechen.

Die Mauern schützen uns vor draußen.

„Da draußen sitzen die wirklichen Bösewichte, die wirklichen Irren", hat einmal eine Mitpatientin gesagt - vermutlich hat sie irgendwie recht.

Wenn man die Lebensgeschichte der Erkrankten vergleicht, sieht man viele Brüche und Verletzungen, vielleicht ist die Klinik eine Art Kloster für sie, wo sie Kraft tanken können. Ein Leben unter solchen extremen Umständen selektiert brutal aus, die Erkrankten die sich aufgegeben haben und jene, die es zu starken Kämpfern gemacht hat.

Was unterscheidet eigentlich einen in einer Psychiatrie und einen von draußen? Eigentlich nur die Tatsache, dass Erstere den Mund aufgemacht haben.

„Manche Dinge sind eben unvermeidbar."

Manche Dinge im Leben sind absolut unvermeidbar! Dinge wie Zahnarzt, Ärger mit den Ämtern, die Schlacht zwischen Gut und Böse und natürlich der Streit mit dem anderen Geschlecht. Die vergangenen Tage mit meiner Freundin waren sehr schön, wir haben abends oft telefoniert und am Wochenende bin ich zu ihr gefahren. Am Abend habe ich wieder mit meiner Freundin telefoniert, sie rief mich auf dem Handy an. Nach ungefähr zehn Minuten ahnte ich, dass es wohl bald aus wäre. Plötzlich, aus heiterem Himmel. Ein Schelm wer dabei etwas Böses denkt. Aber vermutlich liegt es in ihrer Natur. Frauen eben. Ich wette aber, dass die meisten Frauen ähnliche Erlebnisse mit ihrem Freund oder Mann kennen.

Streit mit Frauen ist grundsätzlich aus dem Weg zu gehen oder zu vermeiden, man kann ihn nur verlieren! Mich erstaunt heute noch manchmal, wie mächtig die katholische Kirche gewesen sein muss. Sie hat in der Beichte wirklich Frauen dazu gebracht, eine Schuld zuzugeben! Aber nun hat die katholische Kirche ihre Macht verloren und Frauen gibt es noch immer. Am besten man lernt Gedankenlesen, wird Einsiedler oder Eremit, pumpt den Partner mit Drogen voll oder wendet die Geh-Heim-Technik an.

Ersteres ist leider unmöglich, das Zweite anstrengend und unmodern, das Dritte zu teuer, bei der vierten Möglichkeit wird es schwer, wenn der Ehepartner zu Hause ist. So bleibt nur die fünfte Möglichkeit: Es ertragen! Entweder man nimmt Zuflucht in den

Stoizismus oder wendet die Bangladeshmethode an, denn gegen Orkane, Fluten und anderen Naturgewalten kann man nichts ausrichten, wie die Bewohner des Küstenstaates gelernt haben. Schlechtwetterfronten haben nicht umsonst Frauennamen. Die Mitarbeiter bei den Wetterdiensten müssen entweder Helden oder Glückspilze sein. Helden, weil sie ihren Ehefrauen so todesmutig die Stirn bieten oder Glückspilze, deren Frauen so viel Humor besitzen, dass sie diese Scherze nicht übelnehmen.

Die andere Erklärung: Sie sehen nicht Fern, aber dann ist es vermutlich auch eine kluge Frau, also wieder ein Glückstreffer. Nach dem Telefonat war mir klar, dass ich nur noch ein Glückspilz auf Zeit sein würde. Aber mehr als beschwichtigen, versuchen, ihre Zweifel auszuräumen, konnte ich nicht. Aber gut, ein Orkan ist schließlich auch kaum beeindruckt, wenn man auf ihn einzureden versucht. Es blieb nur die Hoffnung, dass sie sich wieder beruhigte, Frauen regen sich schnell auf, aber dann oft schnell wieder ab. Außer man hat dasselbe Kleid getragen wie sie oder gesagt, sie sei fett geworden, dann verfolgt einen der Hass noch bis über den Tod, vermutlich noch über die siebte Wiedergeburt hinaus.

„Bunte Pillen machen einen wenigstens glücklich"

Bunte Pillen scheinen sehr beliebt zu sein, zumindest würde es das Fernsehprogramm und manchen Film erklären, der so läuft. Schrieb ich manche? Ich meine natürlich die meisten!

Immerhin, eine der Nachtschwestern machen die Pillen glücklich. Es ist schon verdächtig, wie fleißig und nachdrücklich sie immer die Pillen verteilt, um dann später in der Ruhe, wenn die meisten schlafen, sich ihnen anzuschließen; ich bin heilfroh, dass ich keine von denen kriege. Aber scheinbar hat die gute Frau ihren Beruf missverstanden. Nachtschwester bedeutet nicht, dass man die Schwester ist, die das Sofa im Aufenthaltsraum nachts bewacht, indem sie darauf schläft. Ich glaube, ihre Aufgabe ist es, dass sie da ist, falls etwas passiert. Auch wenn es oft nicht so wirkt, aber hier sind hauptsächlich physisch Kranke, da kann alles Mögliche passieren. Es könnte sich jemand für *Justin Bieber* oder *Bill Kaulitz* halten, singen und auf der Stelle gekreuzigt werden!

Auf einer Station gibt es sogar eine Frau, die pünktlich nachts um halb zwei versucht, Bongo Trommel auf dem Gang zu spielen. Die Station C0 ist die Station, wo die Notfälle hinkommen, die sogenannte geschlossene Abteilung, auf der Suizidfälle landen. Wenn man nach einundzwanzig Uhr in die Klinik kommt - Zwischenfälle können immer passieren - muss man also durch die C0. Dort gibt es jemanden, der ständig um sich brüllt. Einmal habe ich gesehen, wie ein Stuhl nach der Nachtschwester geworfen wurde. Langeweile scheint auf der Station nie zu herrschen. Da finde ich es unverantwortlich, wenn man sich zum Schlafen hinlegt.

Ob die bunten Pillen jetzt wirklich den Patienten helfen oder nicht, wer weiß, der Nachtschwester helfen sie auf jeden Fall, denn sie hat ihre Ruhe.

Die meisten Nachtschwestern sind in Ordnung, nur muss ich gestehen, es nervt schon manchmal, wenn nachts um zwei Uhr fremde Menschen plötzlich in deinem Zimmer stehen. Sie sind zwar leise und die Tür ist nur angelehnt, aber sie sind doch da. Es ist nun mal ihre Vorschrift und sie müssen schauen, dass alles in Ordnung ist. Man möchte ihnen gerne entgegen, dass man mittlerweile so viele Nächte geschlafen hat, ohne sich umzubringen, da wird man die nächsten Nächte auch unbeschadet überstehen. Beim *Mensch- ärger- dich- nicht* letzte Woche, hätte man immerhin auch nicht den Würfel verschluckt und ist nicht in der Dusche ertrunken.

Wobei das Schicksal schon sehr makaber sein kann. Ein Mexikaner soll fünf schwere Zugunglücke überlebt haben, um am Stromschlag einer Spielzeugeisenbahn zu sterben - passiert mir hoffentlich aber nicht. Wir können an den seltsamsten Orten und Situationen sterben. Mich würde mal wirklich interessieren, wie viele Leute beim Kacken von einem Blitz erschlagen worden sind. Wenn jemand mit Absicht aus dem Leben scheiden will, kann man nur bedingt was tun. Wie wäre es mit einem netten Gespräch, einem *Mensch- ärger- dich- nicht- Spie*l, mit großen unverschluckbaren Würfeln, oder einem freundlichen Lächeln statt bunter Pillen? Das wäre doch mal ein Anfang, der genauso bunt werden kann, wie die Pillen selbst.

„Ich mach dann mal Schluss"

Mit mir wurde via E-Mail Schluss gemacht.

„Äh ja", war das Erste, was ich sagte. Das Einzige in ungefähr fünf Minuten Schweigen. Danach habe ich wohl so viel gesagt wie: „Ich bin mit der Gesamtsituation unzufrieden."

Ich war innerlich aufgewühlt, schließlich macht nicht jede Woche eine mit einem Schluss – vorausgesetzt man ist nicht Lothar Matthäus. Zuerst dachte ich mir, besser das Herz gebrochen, als der Kopf. Denn irgendwo müssen doch die für die Menschheit hoch wichtigen Informationen, Sprüche und Töne hervorkommen. Ich habe mir einen Tag später meine Notizen angesehen, von dem, was ich an dem Abend auf meinen Papierzettel geschmiert hatte, daraus basiert dieser Eintrag weitestgehend.

Barney Stinson, du hattest recht. Die Zeitdauer mit den Ausfahrten aus einer Beziehung stimmen wirklich.

Tja, das T-Shirt hatte ebenfalls recht. *Alles geht in Arsch, Jesus bleibt* und der macht auch nicht per Mail mit mir Schluss. Der könnte dann deutlich größere Geschütze auffahren, wie beim letzten Mal beispielsweise.

Eine große Flut, eine Sintflut. Sehr emotional der Gute, Gott ist wohl doch weiblich. Im Nachhinein kam mir im Übrigen der Gedanke, den Bewohnern der damaligen Welt wäre es lieber gewesen, Gott hätte wirklich per Mail Schluss gemacht, da es damals noch keine Computer gab, hätten sie die Virenmail gar nicht empfangen können.

Hm, andere Töchter haben auch schöne Mütter, äh umgekehrt, ich bin doch kein Hopper.

Puh, Gott sei Dank, habe ich keinen Freund wie Barney, der würde mir jetzt sagen, ich soll irgendwen flachlegen, das brauch ich jetzt nicht. Warte mal, er würde mir ja helfen. Verdammt, wieso habe ich keinen Freund wie Barney? Wobei, dann wäre ich nur mit dem Schauspieler befreundet, weil Barney nur eine Filmfigur ist und der Schauspieler ist schwul und ich jage, sagen wir mal, in anderen Revieren als er.

Was ist noch zu sagen? Wir können ja Freunde bleiben, ist ungefähr so wie, ich habe deinen Hund überfahren, aber du darfst ihn behalten. Man sollte halt nicht, nachdem man wiederholt behauptet hat, Frauen seien allgemein gereifter als Männer, per Mail Schluss machen. Wenn man dann noch wütend und irrational reagiert, wenn man zu verstehen gibt, dass man eigentlich keine Freunde bleiben möchte, macht man seine These etwas unglaubwürdig. Aber das ist Frauenlogik … und wie könnte ein berühmter Dichter einmal schreiben:

Ach, ihr Frauen … ach, ihr Frauen alleine … ihr allein.

Wir können nicht mit und wir können nicht ohne sie …
Frauen haben eben ihre eigene Logik.

Neuer Beziehung Status: Ich gehe mit meiner Laterne.

„Die Wiederkehr des Apfelkuchens"

Liebeskummer ist schrecklich, aber dennoch war jede Sekunde mit ihr wertvoll und ein Geschenk für mich. Man muss im Leben versuchen, jeden einzelnen Moment zu lieben, auch wenn es manchmal schwerfällt. Aber Fakt ist, wir sind nicht bei Super Mario, also haben wir nur ein Leben. Wir können nur hoffen und fest vertrauen, dass nach dem Tode ein Weiteres kommt. Wir wissen es nicht! Daher täte man gut daran, jeden Moment zu lieben. Die Trennung schmerzt, aber wo Schmerz ist, weiß man, dass dem etwas Schönes vorangegangen war.

Meine Schwester hat mir sehr beigestanden und mein Zimmernachbar Alex hat mir den neuen *American Pie* Film besorgt.

Die *American Pie* Filme, wer kennt sie nicht? Jim, der Apfelkuchen, Heimscheißer, Stieflers Mom und Jims Vater, ein absoluter Kultfilm! Die Reihe hatte in der Mitte einen großen Tiefgang und wurde immer grottiger, aber im letzten Film, haben sie alles wieder wettgemacht. Ich habe, glaube ich, abwechselnd gelacht, geheult, gelacht, geheult und so weiter. Der Film hat einige Logikfehler und strotzt manchmal vor Pseudointellektualität, aber er stellt auch gar nicht den Anspruch, ernst zu sein.

Außerdem darf man das Leben sowieso nicht zu ernst nehmen, wenn ich das tue, sage ich mir gerne: „Am Ende sind wir nur sprechende Affen, die auf einem organischen Raumschiff durch das Weltall düsen."

Daher bleibt wohl nur zu sagen; „Hasta Luego mi Corazon."

„ Jener, der das Schnitzel ehrte"

Mir geht es immer noch ziemlich beschissen, aber das ist wohl normal, wäre seltsam, wenn es anders wäre. Ja, wenn es mir prächtig ginge, was wäre ich dann? Ja, dann sollte ich mir Sorgen machen um mein Gefühlsleben. Manche hätten sich in den Alkohol geflüchtet, aber das Problem am Alkohol ist, dass die Probleme schwimmen können und dass es in der Klinik keinen gibt. Ebenso wenig wie andere Substanzmittel und schließlich kenne ich noch eine Gruppe Menschen, die mit Herzschmerz ständig zu kämpfen hatten: vierzehnjährige Teenager. Aber von denen gab es auch keine in der Klinik, also hielt ich mich an die Dichter und schrieb ein Gedicht. Aber irgendwie saß mir dort der Schalk die ganze Zeit im Nacken und es entstand folgendes, nicht einhundert Prozent, aber zumindest fast ernst gemeintes Gedicht:

Ein Schnitzel lässt uns doch wahrlich alle Sorgen vergessen,
man ist entspannt, wenn man kann nur ein Schnitzel essen.
Ein Schnitzel ist alt bekannt, erprobt und für gut empfunden,
ein gutes Schnitzel wahrlich, es heilt viele bittere Wunden.

Ein Schnitzel ist die Lösung, für fast alles, was uns Böses widerfährt,
auch wenn die große Liebe verschwunden, sie niemals wiederkehrt.

Man könnte dann weinerliche Gedichte schreiben und sich beklagen,

oder über sein Lebenselixier, das Schnitzel schreiben und nicht verzagen.

Die Welt hat schon genug Gedichte über Welt, Liebes- und Herzschmerz,

weinerliche depressive Zeilen, über ein gebrochen, geschunden Herz.

Da schreibt man doch lieber Gedichte, anstatt in Trauer zu versinken, zu verzagen,

plötzlich jeder Schmerz ist entschwunden, kaum das Schnitzel im Magen.

Und wenn sie schimpfen und endlose Stunden lang dozieren,

die ehrwürdigen Professoren, einem vor der Nase flanieren,

da kann man sich trösten, sich freuen und innerlich stets scherzen,

man hat ja die große Freude, auf sein Schnitzel tief im Herzen.

Und liegt man gar in seinem Bette, die Decke hochgezogen, krank danieder,

schimpft man innerlich, immer ich, die elende Grippe oder der Schnupfen wieder?

Auch dann sollte man sich erheben und ist es noch so schwer ein Schnitzel essen,

ein Schnitzel ist wahrhaft gute Medizin, es wirkt, das sollte man nie vergessen!

Und wer nie wirklich gelebt, nur Gemüse, Salat und Obst verzehrte,

den schalt man einen Toren, einen Narren, der nie das Schnitzel ehrte.

Man hat nicht wirklich gelebt, nie wirklich das wahrlich Schöne genossen,

hat tief unglücklich, in seiner Kammer wohl tausende Tränen vergossen.

Wer voll Neid und Missgunst einem das Schnitzel schlecht machen will,

denen ruft man am besten aus vollem Halse zu: „Ach ihr Neider, seid doch still!

Ihr seid neidisch, seid missgünstig, nach unserem Unglück trachtet,

wir halten euch für keine Christen, da ihr Gottes Gaben missachtet."

War der Abend davor auch wild, brummt der Kopf doch wahrlich schwer,

man denkt sich, dieses verdammte Bier schon wieder, ich trinke nie mehr!

Schließlich steht man auf, geht runter in die Küche und bereitet es zu,

das Schnitzel gegessen und welch Wunder, der Kater verschwand im Nu.

Und wäre ich in ferner Zukunft zu Höherem geboren, zum Bürgermeister oder Minister gar auserkoren,

egal was mir widerfährt, Parteitage, Skandale, Mandatsverlust, Karriereaus, alle Stimmen verloren?

Zu einem gut gebratenen Schnitzel würde ich greifen, danach würde ich wiederkehren,

auch wenn ich die nächste Wahl dann wieder verlieren würde, mein Schnitzel hielte ich in allen Ehren!

Denk ich voller Sehnsucht und Glück auf mein Leben zurück, das Testament gemacht.

Und wenn die Erben dann einst, das Testament haben aufgemacht,

können sie dort folgende wahre und wichtige Worte dann lesen: Ich hinterlasse euch meine Liebe zu Schnitzel, das ist alles gewesen.

„Die Welt war wieder mal fies zu mir, sprach Mister Bond"

James Bond 007 - absoluter Kult, ein ähnlicher Kultstatus wie die Tagesschau. Ich glaube, solche Sendeformate wie Tagesschau, Lindenstraße und James Bond leben von ihrer Kontinuität, auch wenn sich alles sonst ändert, wenigstens das bleibt gleich. In einer beschleunigten, ja manchmal hysterischen Welt, bilden sie die Anker, die die Menschen daran hindert, vom Meer der Zeit weggespült zu werden.

James Bond muss alles anflirten, was hübsch und weiblich ist, vermutlich würde er es als unethisch betrachten, eine schöne Frau nicht zu verführen. Die seltsamerweise alle beinahe sofort mit ihm ins Bett gehen. Aber gut, wer als Geheimdienstmitarbeiter beziehungsweise Brite, jahrzehntelang englisches Essen überlebt, der ist einfach ein ganzer Kerl! Für den ist Frauen verführen oder die Welt retten, dann im Vergleich nur ein Spaziergang.

Habe mir beim Betreten des Kinos vorgenommen, nachdem James Bond mit der ersten Frau anbändelt, laut auszurufen: „Wie, der steht auf Frauen?"

Habe es mir dann doch verkniffen, in Anbetracht der Umstände, dass ich weiterhin mit meinen Leuten befreundet sein will.

James Bond ist in *Skyfall* dermaßen unerträglich depressiv, dass man ihm im Kinosaal ausrufen will, dass er endlich die verdammten Zyankali-Kapseln schlucken soll. Um seinem Leid und damit diesem unerträglich schlechten, depressiven Film ein Ende zu bereiten. Außerdem ist James Bond traumatisiert. Was haben die mit James Bond gemacht? Es ist JAMES BOND, meine Güte. Bruce Willis muss doch auch nicht im Spitzentutu über die Kinoleinwand tanzen.

Was haben sie noch vor mit ihm? Im nächsten Film schicken sie ihn dann zu einem Yogakurs. Sicherlich trennt James Bond seinen Müll, und besitzt - unsichtbar für den Kinozuschauer - einen Dackel. Außerdem hat er ein Dauer-Abo für Mani- und Pediküre; was auch immer der Unterschied ist, aber ich lebe erstaunlich gut mit dieser Form der Ignoranz.

James Bond ist das Sinnbild für Männlichkeit, er ist stark und mutig. Er ist alles das, was wir Männer gerne wären. An James Bond herumzuschrauben, ist, als ob man an den Männern im allgemein herumschrauben will. Langsam nähert sich mir auch der Verdacht, dass es so ist. Sicher sitzen in der Filmkommission bald Vertreter jeder Randgruppe, dass sie ja nicht diskriminiert wird. James Bond drückt sich zweihundert Prozent politisch korrekt aus und geht mit der Zeit.

„Was wäre BB ohne ihn?"

Ich habe eine Mitpatientin zum Einkaufen begleitet. Da sie leider extrem unsicher war, durfte sie nicht allein die Klinik verlassen und bat mich mitzukommen. Im Kiosk des Edeka, beschloss ich, zu warten und etwas zu lesen, um sie ihre Einkäufe erledigen zu lassen. Was erblickte mein Auge im Zeitschriftenregal? Also, außer dem Üblichen mit Tinte bedrucktem Klopapier und Anzündmaterial? Ja genau, ein Heft über Hitler exklusiv - laut Titel. Sicher haben die Redakteure Himmel und Hölle in Bewegung gesetzt, um als Erste Hitlers Geheimnis ausplaudern zu dürfen. Vielleicht hat er ja auch Tagebuch geführt wie ich. Leider halt sechzig Jahre zu spät und nun ja, sie waren nicht die Ersten, die auf diese Idee gekommen sind. Ich persönlich glaube, dass das tausendjährige Reich, von dem er immer sprach, nicht von dieser Welt war; sorry Jesus, der musste sein, vielmehr ein geistiges Reich.

Ohne Hitler wären unzählige BB Mitarbeiter, englische Medien/Presse Mitarbeiter, Guido Kopp, ohne Sendematerial und unzählige andere Möchtegernhistoriker arbeitslos. Schlimmer noch, man müsste sich eingestehen, dass es vor dem 3. Reich deutsche Geschichte gab.

Noch schlimmer, da könnte man die Welt nicht einfach in die Guten - die Alliierten und Sowjets und die Bösen - die Nazis - einteilen. Man müsste doch tatsächlich differenzieren.

Allmählich nerven die gefühlten Tausenden Dokumentationen über den 2. Weltkrieg, das Tagebuch von Hitlers Hund, Hitlers Hebräischlehrer und der besten Freundin der Wirtshausbesitzerin des Münchener Hofbräu Kellers. Aber vielleicht hat uns die Existenz des Mannes vor noch mehr albernen Enthüllungen und Verschwörungstheorien bewahrt.

Steckt Scientology hinter dem Mord an J.F.K?

Schlimmer Verdacht: Überschritt Cäsar den Rubikon, um die Macht in Rom an sich zu reißen?

Dem Tagebuch von Hannibals Elefantenführer, der uns die wahre Geschichte von Hannibal erzählt..

Und natürlich der Enthüllung, warum Cäsar wirklich sterben musste, dass natürlich eine geheime Sekte, Geheimgesellschaft, ein geheimer Liebhaber oder sonst was Schuld sind. Die Erklärung, dass einfach ein paar Republikaner ihre Republik retten wollten, wäre zu wahrscheinlich. Da ist man über die Hitler-Dokus fast dankbar.

Ich habe mir überlegt, den Titel des Buches M*ein Kampf* zu nennen. Aus PR gründen. Da ich mich aber nur wenige Meter neben der geschlossenen Abteilung befinde, habe ich dem Buch einen anderen Titel gegeben, ich stelle mir folgendes Gespräch vor:

Pfleger: Sie halten sich nicht etwa für Hitler?
Ich: Wer ist denn dieser Hitler?

Pfleger: Na, dieser Gefreite aus Österreich. Sie wissen schon.

Ich: Warum sollte ich, Kaiser der Franzosen, ein Gefreiter aus Österreich sein wollen?

Muss nicht sein, die Welt ist schon verrückt genug und ich sowieso. Ich bleib lieber ich selbst! Ich mag weder auf St. Helena, noch in Berlin leben, wenn ich ehrlich bin. Freiburg tut es auch. Ist nicht so abgelegen wie Berlin und so überbevölkert wie St. Helena.

Was im November passierte:

Der November war schon ein verrückter Monat, ich habe beschlossen in die Klinik zu gehen, wo vergittere Fenster und ein gewöhnungsbedürftiger Zimmergenosse auf mich warteten. Aber nicht nur das, auch miserables Essen und Sport, also die ideale Voraussetzung abzunehmen und ich habe doch tatsächlich fünf Kilo verloren. Als Abnehm-Camp ist es dennoch nicht zu empfehlen. Habe mehrere Oberarztvisiten überlebt, wie auch den *Twillight* Film, den ich meiner Freundin zuliebe angeschaut habe. Ich habe meine Selbstachtung dadurch verloren, aber durch ein Schnitzel einen Tag später, ist sie dann wiedergekehrt. Ich wurde beim Flaschendrehen mit Mitpatienten geschockt, habe erfahren, dass es Medikamentenneid gibt und ich wurde verlassen. Ich habe James Bond gesehen und ich weiß nun, wie sich Menschen in Schweden fühlen müssen. Alles in allem, Höhen und Tiefen, aber alles wird irgendwie gut, zumindest hoffe ich das.

„Ich bin dann mal schlafen"

Ich glaube fast, jeder kennt es. Wir wissen, der Wecker klingelt bald, aber dennoch haben wir noch so viel zu tun, vor allem abends. Es müssen noch dringend die Fußnägel geschnitten werden, bei E-bay das Käsebrot mit dem Abbild Christi erstanden werden, bei Pinball der Punkterekord geknackt werden oder man will unbedingt noch wissen, welche neuen Videos *Russenschlampen.de* hochgeladen hat, äh, ich meinte der Kirchenchor.

So werden aus acht Stunden Schlaf, dann fünf Stunden und manchmal stellt man fest: „Oh, ich habe Hunger." – Ja, du Scherzkeks, es ist auch sechs Uhr morgens, da könnte man frühstücken. Dann hilft nur die Prominenten-Methode und man läuft den ganzen Tag mit Sonnenbrille umher und hofft, es fällt keinem auf. Ich gestehe, ich besitze keine Sonnenbrille, daher versuche ich, zeitig ins Bett zu gehen.

Ich habe vor ein paar Tagen ein Gespräch geführt, nachts gegen zwei Uhr:

Ich: Muss nun ins Bett.

Er: Bist du sicher?

Ich: Ja, ich bin müde.

Er: Bist du wirklich sicher?

Ich: Sei still, du bist nicht Vista und ich gehe jetzt pennen, mach was du willst. Es gibt Leute die müssen arbeiten.

Er: Ja, müssen wir zum Glück beide nicht.

Verdammt, dachte ich leise, und meinte dann: *Habe aber einen Termin.*

Er muss ja nicht wissen, dass dieser darin bestand, in einer Runde mit sechzehn anderen zu sagen, wie es mir geht, die sogenannte Morgenrunde in der Klinik.

Kann ja so tun, als wäre ich total gefragt, muss ja nicht jeder wissen, dass ich in einer Klinik nutzlos abhänge. Nachts schießen einem die seltsamsten Gedanken durch den Kopf und man beginnt sie zu notieren, weil der Kopf zu Platzen droht, nachdem man sich das gefühlte zweihundertste Mal im Bett gedreht hat. Eventuell erfinde ich ein Bett, das sich selbstständig dreht, so dass ich das nicht mehr machen muss.

Verdränge den Gedanken schnell, als ich mir in Erinnerung rufe, dass ich manche Fähigkeit besitze, aber handwerkliches Geschick gehört nicht dazu. Wenn ich viel Geld habe, lasse ich es eben jemand erfinden. Die Schlaflosen werden es mir und meiner studentischen Hilfskraft dann danken. Oder wie in den Filmen, finde ich einen verrückten alten Wissenschaftler, dem ich von meiner Idee erzähle und er sich ans Werk macht.

Vielleicht erhalten wir dann den Friedensnobelpreis, denn ein ausgeschlafener Präsident hätte so manchen Krieg verhindert! Man weiß es nicht, immerhin hat Barack Obama auch einen bekommen, ein Mann der täglich Drohnen losschickt und Leute ohne Gerichtsprozess exekutieren lasst und auf Guantanamo ein Foltergefängnis unterhält. Da erwarte ich schon für so eine geniale Erfindung den Friedensnobelpreis, vor allem wenn er den klangvollen Namen *Schlummerschüttler* erhält, oder doch lieber *Peacekeeper*. Das Zweite klingt viel vollmundiger, in der Werbung kommt es darauf an, *Eier* zu zeigen, und das tut der Name.

Aber dann habe ich plötzlich einen schrecklichen Gedanken: Was ist mit Schlafwandlern? Wenn das Bett sich bewegt, während sie schlafwandeln und sie hinfallen und sich dabei das Genick brechen? Dafür gibt es eben eine Versicherung, die man abschließen kann, da sage noch einer, ich wäre nicht geschäftstüchtig. Und wenn die Versicherung nicht zahlen kann? Dann eine Versicherung die einspringt, wenn die Versicherung nicht zahlen kann. Ich habe morgen einige Anrufe zu tätigen.

Plötzlich überfällt mich ein weiterer Gedanken. Ein Bett, das den Schlummernden selbstständig rauswirft und selbstverständlich kann man sich auch dagegen versichern, falls man sich dabei verletzt. Der Firmensitz wird übrigens entweder in Liechtenstein oder auf den Kanaren sein, für den Fall, dass sie wirklich einmal zahlen muss ... Ich stelle fest, dass ich eine beruhigend kriminelle Energie besitze, ich muss erst mal eine Nacht darüber schlafen… in meinem normalen Bett.

„Manchmal will das Leben noch kuscheln"

„Das Leben ist hart und dann krepierst du", sagte Bruce Willis in dem Film *Babel*.

Ich glaube, er ist irgendwie mit der Gesamtsituation unzufrieden. Vielleicht muss er auch einfach nur sensibilisiert werden. Aber die Welt der Zukunft in dem Film sieht nicht so aus, als ob die Sozialarbeiter dort noch sonderlich viele freie Termine hätten. Viel mehr, als gäbe es überhaupt keine. Vielleicht sollte ich jetzt noch erwähnen, dass es keine schöne Zukunft ist, sondern eine düstere, ähnlich wie in Mecklenburg-Vorpommern 2013. Aber Bruce kann geholfen werden! Er müsste doch einfach ein paar Weisheiten beherzigen. Wenn das Leben einen wieder einmal fickt, hat man verschiedene Möglichkeiten. Man kann liegenbleiben für den Fall, dass es noch kuscheln will oder man kann ihm entgegentreten und schreien: „Ihr könnt uns unser Leben nehmen, aber niemals unsere Freiheit!"

Also, sofern man Mel Gibson heißt und ein Highlanderkostüm trägt und William Wallace darstellt. Die dritte Möglichkeit ist noch die Churchill Methode, er soll einmal gesagt haben: „Das Leben besteht darin, einmal mehr aufzustehen, als man niedergeschlagen wurde."

Ich finde die Methode grundsätzlich sinnvoll, denn ehrlich gesagt haben wir sonst keine andere. Auch wenn unsere Mitmenschen uns manchmal gehörig auf den Zeiger gehen. Ich würde es dann bald zum Kannibalen von Freiburg schaffen und dürfte vor dem Fernsehgucken nichts mehr essen ...

Man möchte manchmal Kannibale sein, nicht um irgendwen aufzufressen, sondern um ihn auszukotzen.

Ein kluger Mann, dieser Johann Nepomuk Nestroy. Er war ein Schauspieler im habsburgischen Wien, also nach dem Untergang des alten Reiches und inmitten der Doppelmonarchie - also kurz vor Sissi, *würg*. Die Wiener Bäcker standen dort in der Kritik, dass sie die Brötchen immer kleiner backten, aber der Preis derselbe geblieben wäre, also der Einführung des Euros vorgegriffen, sozusagen. Dabei hatten die Bäcker damals ein hohes Prestige. Der Sage nach, hatten sie Wien vor den Türken gerettet, indem die wachsamen Bäcker bemerkten, dass die Türken Tunnel gruben. Das wird noch etwas werden, mit den Türken vor Brüssel...

Die besagten Wiener Bäcker wurden von Johann Nestroy in einem Bühnenstück verhöhnt und so durfte dieser eine Nacht auf Staatskosten im Gefängnis darüber nachdenken und sich danach entschuldigen. Was er auch tat! Er dankte den Bäckern, dass sie ihm Semmelknödel durch das Schlüsselloch seiner Zelle gesteckt hatten. Dies Ereignis dürfte den Österreichern als Semmelanekdote im Gedächtnis geblieben sein. Es war das erste wirklich Lustige, was ich von den Österreichern gehört habe; und nicht über... Schon dass sie den Stammesverbund einzelner Dörfer und Städte Nation nennen, ist ein einziger Witz. In Deutschland hätte es Österreich nicht mal zum Bundesland geschafft, im besten Falle zum Landkreis.

Ich meine, ich male doch auch nicht auf eine Serviette mit Kugelschreiber ein Frauengesicht und behaupte, es wäre die Mona Lisa und damit ein Kunstwerk, weil das wäre dann moderne Kunst.

„Witz und Vorurteil"

Ich war gestern ein wenig ungerecht zu den Österreichern. Gut, sie haben uns Ötzi, Schwarzenegger und Hitler gebracht, aber dafür können die übrigen acht Millionen andere Österreicher ja wirklich nicht viel. Das wäre ja Sippenhaft. Apropos Sippenhaft, nennt man es auch Sippenhaft, wenn man Verwandte im Keller gefangen hält? Böser Gedanke, ich weiß, es ist halt wie mit Mark Dutroux. Da ist ein Psychopath halt Belgier und schon erzählt die ganze Welt Kinderschänderwitze über Belgier. Ich meine, ich will ja auch nicht, dass irgendwann alle Deutschen Bohlen oder Klump heißen, daher bin ich nun ein klein wenig netter zu unseren Nachbarn.

Wien ist eigentlich eine schöne Stadt, die ich unheimlich gerne besuchen würde. Meine alte Heimat und meine neue Wahlheimat, gehörten lange zu Vorderrösstereich. Ich habe nichts gegen Österreicher. Warum auch? Sie sind eigen, aber das bin ich auch. Ich gehöre sogar zu der Sorte von Menschen, die sie verstehen. Auf meiner letzten Münchenreise habe ich auch zu meiner Verwunderung, die Bayern und die Österreicher gut verstanden. Für meinen Freund Daniel war ich so etwas wie ein Dolmetscher und Bayernflüsterer.

Vielleicht gelänge es ja den Österreichern, sich auf meiner nächsten Wienreise, wie die Bayern direkt in mein Herz zu kochen? Bayrische Gasthäuser haben etwas für sich. Ich esse gerne und die bayrische Küche kann ich auf alle Fälle empfehlen. Ich würde sie der Französischen bei Weitem vorziehen, selbst wenn die Französische auf Amphibien verzichten würde. Auf jeden Fall müssen sie etwas an sich haben! Immerhin hat dies kleine Land jahrhundertelang Europa vor den Türken bewahrt, genau wie Byzanz.

Deswegen glaube ich auch, dass in den Griechen viel mehr steckt, als über ihre Verhältnisse lebende, Naziflaggen schwenkende Kindsköpfe und sie deswegen die Krise überwinden können. Österreich hat nicht nur fälschlicherweise Sissi hervorgebracht, sondern viele bedeutende Musiker, Architekten und Sigmund Freud. Wenn man Frauen wirklich ärgern will, muss man die Theorie des Penisneids ausmotten und sie damit konfrontieren. Alle Frauen wünschen sich im Grunde einen Penis und beneiden das männliche Geschlecht um diesen. Oft wirksames Mittel, um Frauen zu ärgern. Anwendung wird nicht empfohlen, wenn man danach noch Sex mit der Frau möchte.

Woran erkannt ein Mann, dass er es wirklich verkackt hat? Wenn er Sexentzug bekommt.

Daher freue ich mich unheimlich auf meinen Wienbesuch und vielleicht schaffen es die Wiener Schnitzel ja, dass seine Hersteller in mein Herz gelangen. Liebe geht bekanntlich auch durch den Magen, heißt es. Mal sehen, ob es stimmt.

„Königreich der Pimmel"

Es existiert ein Video im Internet, das berühmte Filmnamen verballhornt in Form von Pornotiteln. Aus Schweigen der Lämmer wird schnell das Besteigen der Lämmer, aus dem Pumuckl wird Sklave Pupsmuckel und der geile Meister Leder und aus der Schwarzwaldklinik die Schwanzwaldklinik.

Daran musste ich denken, als ich zusammen mit einem Freund ferngesehen habe, bei meinen Freigang aus der Klinik. So wurde eben aus Königreich der Himmel, Königreich der Pimmel. Ist der Film nicht populär genug, ich kindisch, oder der Titel einfach nur schwul? Ich weiß es nicht, aber ich hoffe einfach auf das Erste.

Das Problem ist, dass ich den Film nicht mehr so ganz ernst nehmen kann, was nur bedingt die Schuld des Filmes ist. Es war die Schuld eines defekten Fernsehers, dessen Farbeinstellung etwas durcheinandergeraten war. Haben Sie schon mal einen Film gesehen, wo Rot wie Blau dargestellt wurde und der Rest in einem grünlichen Ton? Es sieht albern aus, wenn in einer Schlacht die Menschen blaue Flüssigkeit verlieren! Es gibt eine Szene, wo Balian Jerusalem gegen Saladin verteidigt und es den Verteidigern gelingt, eine Mauerlücke zu verstopfen. Dort findet ein großes Gemetzel statt, durch den Fernseher ist es aber ein einmaliges Erlebnis. Es sieht so aus, als wäre eine Schar Schlümpfe massakriert worden, danach fällt es einem verdammt schwer, den Film ernst zu nehmen. Auch wenn Balian eine beeindruckende Persönlichkeit sein muss. Immerhin schafft es ein Dorfschmied aus Hintertupfingen; kann auch ein anderes Dorf gewesen sein, innerhalb weniger Wochen zum Anführer einer ganzen Stadt, sogar eines ganzes Heeres ... faszinierend. Wer würde sich nicht einem dahergelaufenen Schmied aus Frankreich anvertrauen? Gut, damals hatten die Franzosen ihren Ruf feige zu sein noch nicht, den haben sie sich erst in den letzten einhundert Jahren erworben.

Aber ein Schmied, der General wird, das ist wie wenn eine Pfarrerstochter aus einem gefühlten Dritte Weltland, die Bundeskanzlerin eines der entwickelten Staaten der Erde, wie Deutschland, wird. Ach, ist schon passiert? Ja gut, dann eben ein ausgesetztes Waisenkind aus einem kriegszerstörten Land wird Führer einer obskuren Wirtschaftssekte, die in der Regierung mitpfuschen darf. Ach, auch schon passiert?

Gut, dann ist der Film halt glaubwürdig. Mir doch egal!

„Von Überlebenden, Idioten und Romantikern"

Ich habe mir den Film, *Der Hitlerjunge Salomo* angeschaut. Darin kämpft sich ein jüdischer Junge durch die Wirren des 2. Weltkrieges und überlebt mit viel Glück. Ich durfte auf YouTube folgendes, leider ernst gemeintes Originalzitat als Kommentar lesen: *„War der Junge jetzt Hitler oder nicht? "*.

Man will einfach nur weinen und dann noch mal weinen und danach, noch mal und nochmal und nochmal und dann noch mal ...

Tags darauf habe ich mir eine Diskussion auf YouTube durchgelesen. Mir ist bewusst, dass es dort oft auf Bildzeitungs-Niveau zugeht. YouTube und das Niveau, beliebte Niveauunterbieter sind Duelle zwischen Muslime und Christen, Atheisten und Christen, Rechten und Linken, Albanern und Serben, Türken und Kurden, Türken und Armenier und Türken und dem Rest der Menschheit natürlich.

In der besagten Diskussion ging es um den Film 1984, der auf dem Roman von George Orwell beruht. Einige Kommentarschreiber sprachen von *Drecksfaschos* die wie im Film, einen Überwachungsstaat aufbauen wollten, unter anderem mit Wolfgang Schäuble. Nicht nur, dass der besagte Politiker ein CDU-Mitglied ist, nein, irgendwie scheinen solche Leute nicht zu differenzieren. Sagt mir viel über das Weltbild von solchen Leuten aus. Sie hätten das Buch lesen sollen, vielleicht wäre ihnen ja aufgefallen, dass Ozcanien einst eine sozialistische Revolution hinter sich hatte, also das Übliche in der Geschichte der Menschheit.

Sozialdemokraten kommen an die Macht, werden von Linken oder Rechten Extremisten der Macht beraubt und dann weggejagt. Danach folgt die Diktatur. Solche Leute, die solche Kommentare über Herrn Schäuble schreiben, erscheinen mir deutlich näher am Überwachungsstaat - Gedankengut, als Herr Schäuble mit seinen, zugegeben, manchmal gewöhnungsbedürftigen Ideen.

Was führt Menschen zu solchen blöden Fragen, wie oben beschrieben? Oder wie eine Schülerin, die vor vielen Jahren einmal den Geschichtslehrer fragte, ob Nero auch die Evangelischen verfolgt hätte. Immerhin gab er vielen Christen die Möglichkeit, glühende und leuchtende Beispiele ihres Glaubens zu werden und dabei noch Harfenmusik zu hören.

Sind die Menschen im Vergleich vielleicht blöder geworden, haben es diverse Fernsehserien endlich geschafft? Also zumindest vermutet man manchmal einen Plan, denn die Volksverblödung ist derart massiv, dass man schreien will. Wenn Sender wie Arte Dinge senden, die keinen der die Grundschulzeit erfolgreich abgeschlossen hat, überfordern dürften. Sind die Menschen also tatsächlich dümmer geworden, als in der guten alten Zeit, wo Leute wie Beethoven, Kant, Hegel oder Schiller lebten?

Ich kann es nicht beantworten, ich weiß nur, dass die Möglichkeiten, seine Dummheit auszudrücken und zu verbreiten, dank Massendruckerei, Internet und Sozialer Netzwerke rapide angestiegen ist. Früher war ein Stück Papier eben mehr wert und man hat sich dreimal überlegt, ob der Gedanke es wert war, aufgeschrieben zu werden. Das ist eben der Preis der Freiheit, den wir in einer Demokratie zu bezahlen haben.

Zur Freiheit gehört es eben dazu, dass Leute wie Lady Gaga, Tokio Hotel, Sarah Wagenknecht, Udo Pastörs, Claudia Roth und der geistig offenbar zurückgebliebene Nachbar, eben ihre Meinung ausdrücken dürfen. Manchmal wäre es besser, wenn sie die berühmte Regel von *Schweigen ist Gold, Reden ist Silber* beherzigen würden. Aber: Leben und leben lassen! Ich muss sagen, ich liebe unsere Freiheit! Natürlich ist Hedonismus die Perversion der wahren Freiheit, aber wahre Freiheit ist das Schönste auf der Welt, was es gibt.

Eine Freundin ist ein großer Fan des Piraten Jack Sparrow und seiner Freiheit, beziehungsweise seiner vermeintlichen Freiheit. Es ist lediglich eine romantische Sicht der Dinge. In der Vorstellungswelt der Leute fahren Piraten über das Meer, lassen sich von niemandem etwas sagen. Sie sind stolz, unabhängig, edelmütig, feiern wilde Gelage und lassen dann die ganzen Huren und billigen Frauen links liegen, um ihre wahre Liebe zu finden, der sie dann immer treu sind, bis ans Ende ihrer Tage.

Leider vergessen diese Leute, dass die Meere gefährlich waren, die Piraten oft Hunger litten, an Skorbut und allen möglichen Krankheiten starben und deshalb unter den Piraten der pure Sozialdarwinismus herrschte. Auch Menschenleben der eigenen Leute waren fast nichts wert, das anderer Menschen überhaupt nichts. Sie vergessen, dass Piraten in den Häfen der Nationen nicht immer geduldet waren, sondern gejagt wurden. Die durchschnittliche Lebenserwartung eines Piraten auf See war weitaus niedriger, als die eines Leibeigenen auf dem Lande. Ich glaube, man sollte meine Freundin mal eine Nacht auf einem richtigen Piratenschiff erleben lassen. Auf dem Schiff wird sie vermutlich Perversionen erleben, die mit wahrer Liebe und Romantik so viel zu tun haben, wie Peter Maffay mit guter Musik.

Und so wird die Welt noch viele schlechte Piratenfilme sehen.

Aber ich finde es gut, ich lebe gerne in einer freien, offenen Gesellschaft. Ich bin überzeugt, bei aller Kritik, die ich an Rot/Grün habe, dass die meisten Politiker dort für meine Rechte kämpfen würden. Eben auch für dies, mich über ihre Parteien lustig machen zu dürfen.

„Nicht jeder wird als Dichter geboren"

Ich würde vermutlich sogar meinen eigenen Geburtstag vergessen, wenn ich nicht Facebook aufmachen würde oder den Stecker des Telefons nicht gezogen hätte. Daher beschloss ich, mir einen Kalender zu kaufen, so einen handlichen Taschenkalender. Also einer, wo dann drinsteht: *Termin mit Notar wegen Millionenerbe* oder *Date mit der süßen Blonden aus dem Café letzte Woche.* Leider gibt mein Kalender das nicht her. Ich kann es ja für mich hereinschreiben und mich kurz der Illusion hingeben, es wäre so.

Da ich weder Politiker, Hippie oder Parteiprogrammschreiber bin, werde ich mich wohl oder übel der Realität stellen müssen. Werde Dinge wie *Zahnarzt* und *Bafög Amt* eintragen müssen. Klingt unheimlich spannend, ich weiß, daraus könnte man beinahe einen Roman machen.

Ich bin zur Buchhandlung in der pulsierenden Metropole Offenburg gegangen. Gut pulsierend wäre etwas übertrieben, aber Sie wissen ja … der Patriotismus. Es ist eine badische Stadt.

Wie dem auch sei, ich ging in die besagte Buchhandlung, um mir einen Kalender zu kaufen. Es gab eine große Auswahl, die meisten waren aber so nützlich wie ein Kurs in Feng Shui. Um jeden Tag einen Spruch zu lesen, muss ich mir keinen Kalender kaufen, sondern da reicht Facebook. Nach einigem Suchen bin ich wieder gegangen und habe mir eines der kostenlosen Weihnachtsgedichte genommen, die herumlagen. Beim Lesen wusste ich dann, warum sie umsonst waren.

Ich kann mit den armen Buchstaben gut mitfühlen, die in diese Form gegossen wurden. Ich fragte mich, was haben die Buchstaben dem Verseschänder, äh, Dichter getan? Was auch immer die Buchstaben dem Dichter angetan haben, es muss verdammt schrecklich gewesen sein. Zumindest lässt das Resultat seiner Rache an den Buchstaben dies vermuten.

Ich gebe einen Auszug aus dem Gedicht wieder:

Ich freue mich einfach
Zur wunderbar tollen Weihnachtszeit,
Jubel vor Heiterkeit.
Schmück den Baum mit großen Lichtern,
Tue was mit glücklichem Kichern.

Ich weiß nicht, was schlimmer ist. Die aufgesetzte Fröhlichkeit, das Weihnachtsgedudel oder das Gedicht? Habe es sicherheitshalber mit schwarzen Edding unleserlich gemacht und in den Mülleimer geworfen. Habe mir überlegt, in das Geschäft zurückzulaufen und der Verkäuferin vorzuschlagen, dass sie einen Geldschein an jedes Gedicht hängt, sonst könnten sich die Leute wirklich ärgern. Habe es dann aber gelassen, man muss ja nicht immer anecken.

„Rexosophie"

Im Radio habe ich gehört, das die Rot-Grüne Landesregierung die Rechte von Tierschutzorganisationen stärken will. Die Begründung lautet, weil Tiere sich vor Gericht nicht selbst vertreten können. Für diese Erkenntnis war sicherlich ein abgebrochenes Soziologie- oder Germanistikstudium nötig. Vermutlich wird die Welt eine Bessere, wenn Tiere endlich vor Gericht gehen können, zumindest für die Tiere. Dumm eigentlich nur, dass die nicht wählen dürfen. Wobei ich mir sicher bin, Rot/Grün wird etwas einfallen, mündliche Wahlen zum Beispiel.

Möchtest du Grün wählen, Rex, dann belle.

„Wau", wird dann die Antwort sein - frei übersetzt: „Andere sind schon für weniger in der Klapse gelandet." Wenn Rex jetzt noch philosophisch gebildet wäre, könnte er noch sagen: „Eure Moral ist ziemlich korrupt, wenn ihr unsere Interessen wirklich vertreten wolltet, würdet ihr den Menschen vielmehr vom Ökonomischen Konzept überzeugen, statt ständig das schlechte Gewissen anzusprechen."

Aber zum Glück ist Rex nicht philosophisch gebildet. Denn als er den Philosophiekurs an der Volksschule besuchen wollte, hat ihn sein Herrchen lieber mitgenommen. Gemeinsam haben sie sich an die Gleise gebunden, damit die Castor-Transporter nicht durchkommen. Rex wird sich sicher gesagt haben, dass diejenigen, welche sich an die Gleise ketten, halt den Atommüll mit nach Hause nehmen sollen. Aber das wollen sie auch nicht! *Die können sich auch nicht entscheiden, was sie wollen,* würde er sich denken.

Die Tierwelt hat nun mal große Einflüsse auf uns Menschen. Der Butterfly Effekt wirkt auch auf Atomkraftwerke, zumindest auf Deutsche.

In der Ukraine zerstören menschliche Fehler ein Atomkraftwerk, in Japan die Wellen ein Weiteres, aber in Deutschland gehen die Atomkraftwerke aus. Der Atomausstieg war der Tag, an dem die CDU fast so grün wurde wie die Grünen, weil man gut Stimmen kaufen kann mit dem Thema. *Was stört mich mein Geschwätz von gestern,* soll schon Adenauer gesagt haben. Wie jeder weiß, sind Atomkraftwerke Horte des Bösen. Sicher hätte Hitler auch Atomkraftwerke gebaut. Aber wenn man stattdessen Windräder bauen will, schreit jeder frei nach dem St. Florian Prinzip:

„Nicht in meinen Garten, nehmt den von meinem Nachbarn."

Dabei hätten Windräder oder Solarspiegel durchaus Vorteile, vor allem für die Leute die Belladonna und Co. nehmen. Denn die Windränder töten Störche und die stören immer diese Personen, die neue Kräuter holen wollen und dann auf ihren Besen mit den Störchen zusammenstoßen. Sie sind schön nachhaltig und Sonne und Wind sind unendlich, genau wie Holz. Trotz wiederholtem Kreuzverhör durch verschiedene Geheimdienste der Welt, hat das dumme Öl, die uneinsichtige Kohle und das verstockte Gas keinerlei Anstalten unternommen, schneller und den menschlichen Bedürfnissen entsprechend nachzuwachsen. Vielleicht sollten mal Sozialarbeiter versuchen, sie zu sensibilisieren? Denn wenn man schon Tieren Einsicht und Willen zutraut, warum nicht auch Pflanzen und Mineralien?

„Wetten, dass… ich die langweiligste Sendung des Abends moderieren kann"

Markus Lanz hat diese Wette eindeutig gewonnen.

Markus Lanz hat zu Hofe geladen … „Wetten dass"? Der Blick auf das Sofa lässt mich vermuten, dass es einen Magnetismus für Hackfressen geben muss, weil man sich auf dem Sofa wirklich schwer entscheiden kann, wer die größte Hackfresse hat.

Lanz hatte doch tatsächlich die Dreistigkeit besessen, eine Schlagersängerin nach Freiburg zu holen. Haben wir nicht schon genug Probleme in Freiburg? Rot/Grün, der U-Asta, Leute, das schlechte Mensaessen, Straßenbahnen die einem immer vor der Nase die Tür zuschlagen und unsere Problemviertel Haslach und Vauban. Muss er da ausgerechnet noch eine Schlagersängerin herkarren lassen? Aber es kommt noch schlimmer: Wetteinsatz ist, sie singt ein Lied.

Sollte der andere nicht etwas von einem Wetteinsatz haben, beziehungsweise profitieren? Bin heilfroh, dass ich gerade in Offenburg bin. Erfahre sofort im Anschluss, dass „Wetten dass" das nächste Mal nach Offenburg kommt. Ich werde bleich, ich bete um ein göttliches Wunder, zum Beispiel, dass ihre Stimmbänder verrotten. Es wäre ein Segen für die Menschheit!

Als die Schlagersängerin bei der Wette danach zusammen mit ein paar Feuerwehrleuten auf ein Gerüst steigt, hoffe ich irgendwie, dass die Feuerwehr eine wahrhaft patriotische Tat vollbringt. Ich würde auch für die Feuerwehrleute vor Gericht aussagen, dass es Notwehr war. Ich bin etwas enttäuscht, als sie wohlbehalten wieder herunterklettert. Ich weiß nicht, wo genau sie in Freiburg oder Offenburg singen wird, ich hoffe einfach nur, dass es schnell vorbei ist und danach noch etwas von Flora und Fauna übrig ist und keiner einen Hörschaden davon trägt.

Die Schlagersängerin verkündet, dass sie eine Reiseleiterin auf dem *Traumschiff* spielt. Wer unter Fünfzig geht denn freiwillig auf das Schiff? Das ist praktisch ein riesiger, motorisierter Sarg.

Spontan kommt mir die Idee, alle Schlagersänger auf den Mumienschlepper, äh, das *ZDF-Traumschiff* zu karren. Damit wird dann der Untergang der Titanic nachgespielt, am Originaldrehort. Ich hoffe, die Amerikaner funken uns nicht dazwischen und schicken Rettungsboote. Spätestens wenn die Besatzung anfängt zu singen, hauen die Amerikaner vermutlich eh wieder ab.

Die Feuerwehr von Hamburg ist aufgetreten. Irgendwie erschließt sich mir der Sinn einer Feuerwehr für Hamburg nicht, das ist, als wenn man seine Pickel pflegt oder sein Unkraut gießt, aber gut - sehen die Hamburger ja vielleicht anders.

Die Hamburger werden schon wissen, für was sie ihr Geld ausgeben. Man kann ja nicht alles auf der Reeperbahn verschleudern.

Wie ist eigentlich der Kurs von Olivia Jones' Dollars?

„Putziges Thema - Putzige Kleine"

Ich habe heute die Zeitung aufgeschlagen und geschmunzelt.

Kinderrechte: putziges Thema, fast genauso putzig, wie die lieben Kleinen. Ich mag Kinder, wirklich! Nicht nur gebraten, nein, sondern auch lebend. Da ich politisch korrekt bin *hust*, bin ich natürlich auch für Kinderrechte. Jedes Kind hat das Recht auf Arbeit! Vielleicht gelingt es uns ja, die Billigkonkurrenz aus Thailand oder Indonesien so vom Markt zu drängen? Spaß beiseite. Wer wirklich Kinder hat, kann doch nicht ernsthaft glauben, dass es eine gute Idee ist, Kinder politisch stark einzubinden. Wesen, deren Zukunftspläne selten länger als eine Stunde vorausgreifen. Tiere, Kinder - am Ende sollen vielleicht auch noch Frauen wählen dürfen?

Natürlich sollten Kinder eingebunden werden, zumindest mit Dingen, die sie direkt betreffen, aber manchmal wissen es die Erwachsenen doch besser. Wenn ich als Kind das hätte mitentscheiden dürfen, was ich gut und richtig gefunden hätte, wäre ich nun ein Fünfundzwanzigjähriger, ohne Schul- oder Berufsausbildung, meine Arterien wären verstopft, ich hätte drei Schlaganfälle hinter mir, würde Rauchen, Saufen und hätte meine dritten Zähne. Ich würde irgendwo Müll aufsammeln, oder Versicherungen verkaufen, oder Hartzen und zunehmend mit einem verhängnisvollen Mix aus Alkohol und RTL, jede einzelne Gehirnzelle vernichten.

Kinder an die Macht, da wäre wohl selbst die Super Nanny überfordert! Was macht man, wenn das eigene Kind, das an der Macht ist, einen Krieg vom Zaun gebrochen hat? Oder gar einen Weltkrieg? Mit Benimmstuhl und Hausarrest ist es da wohl nicht getan und auch die stille Treppe hilft da nicht mehr. Jeder der Kinder erlebt hat, kann doch nicht ernsthaft fordern, dass Kinder an die Macht sollten?

Die schönen Fotos mit Kindern, die sich Hand in Hand halten und süße Hundebabys oder Kaninchen knuddeln, sind nur der Wunschtraum mancher Erwachsener, die sich wohl an jeden Strohhalm klammern, gleichgültig wie absurd er ist. Kinder im Sandkasten streiten wegen einem Förmchen. Mit Kindern an der Macht wäre der Weltkrieg innerhalb von fünf Minuten angebrochen, aber es klingt eben so schön harmlos. Es gibt zwei Sorten von Leuten, die Kinder an die Macht fordern. Erwachsene, wo das Kind die tatsächliche Herrschaft im Haushalt ausübt und die andere Sorte, die um jeden Preis politisch korrekt sein will. Seine eigene Meinung zu haben und diese auch noch zu vertreten, wäre zu viel verlangt.

Vielleicht sollte mal der Verstand, statt Kinder an die Macht?!

„Die Ex'en haben immerhin gute Hupen abgegeben"

Erinnere mich daran, ein sehr seltsames Gespräch geführt zu haben, das mit der weiblichen Brust und Hupen zu tun hatte … sehr strange.

Ich glaube, ich war betrunken. Ist es möglich, dass das Klinikessen Rückstände von Alkohol und oder Gammelfleisch enthält? Oder beides?

Habe mir danach Gedanken gemacht, später wieder über die Klinik und warum ich drin bin und mein ADHS und das kam als Schrieb heraus:

Adhsler:

Sind eigentlich an fast allem schuld, außer an den Dingen, die sie wirklich verbrochen haben. Autos, elektrisches Licht, Micky Maus und die Mona Lisa. Starke Neigung dazu, Autoritäten in Frage zu stellen, also fast wie die Italiener. Sie ecken gerne an, also ähnlich wie ein Fleischesser bei Vegetariern oder vernünftig Argumentierende bei den Gegner von S21. Der typische Adhsler ist sehr sensibel, gerechtigkeitsliebend und setzt sich für Schwache ein, aber das muss nichts heißen, gerade Letzteres tun fünfundneunzig Prozent der Menschen laut eigenen Angaben auch.

Adhsler erscheinen oft nicht wie von dieser Welt - nein, die Linkspartei ist keine Lobbygruppe der Adhsler - und sind oft kreativ und haben verrückte Ideen. Also die Ideen, die sie oft im Normalzustand bekommen... wofür andere Drogen nehmen müssten. Na gut, es könnte was dran sein. Sie können sich wohl auch schlecht konzentrieren, dabei sind doch Algebra, die chinesische Schrift und die Quantenphysik etwas, was jeder können sollte.

Zudem haben sie oft schlechtere Noten als andere und weigern sich, in die Schubladen zu passen, in die man sie stecken will.

ADHS wurde als Krankheit anerkannt, damit die anderen Menschen sich nicht so dumm fühlen. Eigentlich ist es nicht mal eine Krankheit, sondern eine Störung. Nomaden mit ADHS können sogar besser überleben, wie eine Studie ergab, ihnen bringt es in der Regel Vorteile. Bevorzuge daher nicht den Begriff Störung, sondern evolutionäre Weiterentwicklung.

„Berlin Tag und Nacht" oder „Der Film „Der Untergang" spielt nicht ohne Grund in Berlin"

Berlin, errichtet in den Gurkensümpfen, beschäftigte viele. Viele gezwungen, manche freiwillig. Die erste und wohl größte Gruppe wurde gezwungen, sich Berlin anzusehen, meist sind es Schüler, die aus der ganzen Bundesrepublik angekarrt werden, um das Trauma ihres Lebens zu bekommen. Sie erleben dann Berlin, wie es lebt. Berlins Ableben erleben zu dürfen, hätte den meisten wohl mehr Spaß gemacht, als das, was so an Programm erfolgt. Richtet man den Kopf nach oben, darf man den Alex erblicken. Der ist die Kalorien nicht wert, die man dabei verbraucht hat.

Am schlimmsten ist wohl die Aussicht, dass man mehrere Tage lang den Bundestag, die Blueman Group, Checkpoint Charlie und die Überreste der Mauer anglotzen muss. Dass man den Bundestag ansehen möchte und die ehemalige Mauer, ist ein durchaus verständlicher Grund. Aber das kann man auch an einem Tag erleben. Als Lehrer hatte man damals die heilige

Pflicht beim Beamteneid erhalten, jeden Schüler in seinem Leben einmal nach Berlin zu führen und dort zu quälen, mindestens vier Tage!

Die zweite Gruppe von Menschen, die dort freiwillig sind, haben andere Pläne mit Berlin. Die einen planen, aus der Stadt ein großdeutsches Imperium zu machen, die Welthauptstadt Germania, ihres neuen Reiches und die anderen drehen darüber eine langweilige Dokusoap nach der anderen. Kann mich nicht ganz entscheiden, welche Gruppe schlimmer ist.

Die Schlimmste habe ich wohl gestern gesehen.

Ich habe zwei Folgen *Berlin Tag und Nacht* gesehen. Ich bin jedes Mal aufs Neue überrascht, woher solche Sendungen immer die schlechtesten Schauspieler bekommen. Suchen die extra mit Aushängen die schlechtesten Schauspieler? Ich glaube, bei *Berlin Tag und Nacht* mitzuspielen, ist für einen Schauspieler vergleichbar mit der Müllabfuhr oder Straßenfeger. Irgendwie scheint in dieser total hohlen, oberflächlichen, hedonistischen Sub-Welt, jeder entweder tätowiert zu sein oder ein Tattoostudio für Hunde, Menschen oder sonstige Lebewesen zu besitzen. Ohne Tattoo scheint man nicht in den Wohngemeinschaften leben zu dürfen. Sämtliche Motive der Charaktere beschäftigen sich mit den primären Bedürfnissen. Jede Zeitungslektüre auf dem Klo ist ein hoch kulturelles Ereignis im Vergleich dazu. Das Leben scheint nur aus Saufen, Fressen, Feiern und Ficken zu bestehen, zumindest für die Charaktere. Diese Charaktere scheinen irgendwann in die Pubertät geraten zu sein, ohne aus ihr herausgefunden zu haben. Es wirkt so, als ob sie in einer Zeitschleife stecken. Man weiß es nicht und will es vermutlich auch gar nicht wissen. Es wirkt auf jeden Fall albern, wenn sich ein mindestens dreißigjähriger Mann dauerhaft so verhält, wie ein Vierzehnjähriger.

Der Film *Der Untergang* hat daher in Berlin eine würdige Kulisse gefunden.

Ob man Volksverblödung unter Strafe stellen sollte? Wobei, dann wären viele Politiker, Medienmacher und Künstler im Gefängnis, vielleicht auch meine Verleger und ich...

„Ein bisschen Chi schadet nie"

In der Klinik wird ja die Therapiestunde *fernöstliche Bewegungen* angeboten. Ich habe tatsächlich mitgemacht. Ich war weder betrunken noch krank, sondern mir wurde gesagt, das wäre gut für mich und ich kann es ja mal ausprobieren. Da stand ich nun im Jogginganzug und beobachte neugierig die Therapeutin. Das Chi fließt durch uns, belehrte uns die Therapeutin. Ich habe überlegt, sie zu fragen, ob Chi auch durch meine Faust fließt, wenn ich sie ihr ins Gesicht ramme. Habe aber geschwiegen, die Übungen gemacht und das Chi in mir geweckt. Dabei habe ich Bewegungen und Figuren gemacht, auf die ich nie im Traum gekommen wäre, ja wo ich nicht einmal wusste, dass sie anatomisch möglich sind. Aber es kommt ja aus dem Fernen Osten und wie heißt ein Film? *In China essen sie Hunde?*

Nach fünfzig Minuten Bewegung habe ich wohl das Chi in mir gerufen, nur stellt sich mir die Frage, was mach ich jetzt damit? Kaum in meinem Zimmer angekommen, wollte ich das Chi meinem Zimmerkollegen geben. Er wusste es nicht so richtig zu schätzen. Er ist sehr undankbar, wie eben der moderne Mensch. Beim Essen habe ich gehofft, dass das Chi mein Glas wegräumt. Hat es auch nicht gemacht, ziemlich nutzlos so ein Chi. Ich glaube, ich spende es an *Brot für die Welt*, habe gerade einen Scheck unterschrieben, für mein heutiges Chi. Die werden sich sicher freuen. Vielleicht sind die ja dankbarer...

Habe meinem Zimmerkollegen Alex mit seiner Undankbarkeit konfrontiert. Er schlägt mir vor, er könnte mir mein Chi in Hubbewegungen, die seine Faust in mein Gesicht führt, zurückgeben. Irgendwie ist er voller Aggressionen, er macht wohl nicht genug Chi Übungen und so, er müsste sich mehr sensibleren.

1 Stunde später:

Ich weiß jetzt, für was Chi nützlich ist. Michaela hat mir erzählt, ihr Noch - Mann hat seine neue Partnerin beim Energieaustausch kennengelernt; dachte zwar, das würde nur Batterien tun, aber man kann sich irren. Werde es als lahme Ausrede benutzen können, sollte ich meine Frau in Zukunft betrügen wollen. Ich werde behaupten, das Chi ist schuld.

Beim Schreiben der Worte kommt mir eine gute Idee: Das Chi kann doch die Sündenbock- Funktion übernehmen, wenn ein Skandal eine Person oder ein Unternehmen erschüttert? Man kann dann sagen, das Chi ist schuld. Können uns so den Umstand zunutze machen, dass China offiziell ein atheistisches Land ist. Schlussfolgernd können sie sich nicht beschweren. Außerdem kann das Chi an der sozialen Ungerechtigkeit, der globalen Erwärmung, Umweltverschmutzung, Wohlstandsgefälle und Hitler schuld sein.

3 Tage später:

Habe in eine VA geschrieben, als labialisierende Bedingung, dass mein Chi schuld ist, leider hat das auch meine Chi Therapeutin gelesen und ich durfte noch mal eine VA schreiben. Thema: *warum ich nicht die Schuld auf andere schieben soll.*

Habe mit Alex ausgemacht, wenn er bei Spannungskurve siebzig Prozent Kickboxen und Motorradfahrern einträgt als sinnvolle Regelungsmechanismen, behaupte ich wieder, dass das Chi schuld wäre. Alle bis auf die Oberärztin und die Chi Therapeutin haben gelacht - und später wir auf dem Zimmer, als wir die VA zu folgenden Thema schreiben durften: *Was hindert mich daran, erwachsen zu werden?* Im Nachhinein hat es sich gelohnt. Habe aber diesmal nicht Chi hingeschrieben, weil ich das ja erst seit einem Tag zu mir nehme und es somit nicht schuld sein kann. Ein bisschen unschuldig darf es ja auch mal sein, das arme Chi.

"Brot und Spiele für die Massen"

In der Süddeutschen Zeitung war zu lesen, dass die Queen die Macherin von Kates Hochzeitskleid in den Ritterstand erhoben hat. Da werden sich alle freuen: Die Soldaten, die für ihr Land ihr Leben gegeben haben, hochverdiente Personen und vor allem die Freiheitskämpfer des 19. Jahrhunderts werden stolz darauf sein, mit was für Nonsens Informationen uns die Zeitungen überschütten. Noch stolzer auf den Umstand, dass im 2. Weltkrieg Soldaten für das Vaterland ihre Gesundheit und Gliedmaßen gegeben haben. Diese erhielten ein wertloses Stück Blech und die Frau näht ein paar Tücher zusammen und wird dafür adelig.

Aber es scheint es einen Markt dafür zu geben, warum sonst waren die Augen der gefühlten halben Welt - und die des ZDF - auf die Hochzeit von zwei Menschen gerichtet, die sie nicht persönlich kennen? Welchen Zauber übt es auf die Menschen aus? Ich glaube fast, es trifft dieselbe Zielgruppe wie *Germanys Next Top Model*, *ZDF Traumschiff* und Leute, die Marianne und Michael gut finden und Carmen Nebels Gekrächze für Musik halten.

Ich habe mir die Hochzeit nicht angesehen, weil ich sonst die Befürchtung hatte, dass ich nie mehr mit Freude Fernsehen schauen könnte. Aber man muss dem Pöbel schon was bieten! Daher wurde daraus sicher eine gute Show gemacht. Ob auch Pennys unters Volk geworfen wurden?

Das ZDF hat einen ganzen Nachmittag sein Programm freigehalten, für diesen Blödsinn, eines der besten

Beispiele für GEZ Gelder Verschwendung. Ich bin wirklich froh, dass wir keine Königssippe mehr haben. Auch wenn so mancher jetzt sagen würde, ich wäre zynisch, menschenverachtend und so weiter … und damit sicher auch Atomkraftbefürworter, aber die Hochzeit der beiden war mir genauso gleichgültig wie Lady Dianas Unfall, ihre Beerdigung, ihre trauernden Kinder, der Tod von Michael Jackson, seine trauenden Kinder sowie die gesamte hohle dekadente Scheinwelt des Adels, Geldadels und der Hollywoodsternchen! Ich würde vermutlich nicht eine Träne vergießen, wenn jeder Einzelne von ihnen mit dem Auto gegen die Wand krachen würde, weil wie gesagt, ich kenne sie nicht persönlich und ich wäre auch nicht gerne die Prinzessin im weißen Kleid.

Ihr Traumprinz - der im Übrigen bei näherem Licht betrachtet, eigentlich kein eigenes Einkommen hat und vom Staat lebt - führt sie den Gang zum Altar herunter und der Pöbel jubelt. Das ist einfach nicht meine Welt. Ich kümmere mich lieber um meine Mitmenschen, die im Hier und jetzt sind und die HIER meine Hilfe brauchen!

"Von Knöpfen und Mappen"

Ich habe mich mit einer Freundin darüber unterhalten, woran man den merkt, dass man ADHS hat. Früher hätte es mich wohl belastet, aber heute musste ich lachen. Ich nehme es endlich mit Humor. Welche andere Wahl habe ich wohl? Mir sind folgende Dinge eingefallen, die mir in den letzten Wochen passiert sind:

- Man schafft es, den Inhalt eines Ordners, an drei verschiedenen Orten innerhalb von vierundzwanzig Stunden zu verteilen, die ungefähr jeweils achtzig Kilometer voneinander entfernt sind und zu vergessen.

- Eine Reißleine auf dem Klo, auf dem eine Schwester abgebildet ist. Du weißt genau, du solltest sie nicht drücken, es wird irgendwas passieren, was nicht gut ist, aber dennoch wandert dein Blick und deine Hand langsam in Richtung der Schnur und du sagst leise zu dir im Kopf: *Neiiiiin!*

- Oder ein Video, wo ein Männchen einen Knopf drückt, auf dem *sinnloser Knopf* steht. Das Männchen drückt ihn trotzdem und man erkennt sich sofort wieder.

- Dinge in den Taschen, die Eigenleben entwickeln, um zwischen Hose und zu Hemd wechseln und von dort zu Hemd in Jacke und umgekehrt.

- Du verzweifelst vor dem Herd stehst und dich fragst, warum die Pfanne nicht warm wird. Bis du nachprüfst, ob du die richtige Herdplatte angemacht hast und dieses Ereignis ein Déjà-vu auslöst.

- Du dir fest vornimmst, deinen Ausweis - den du verloren hast und den eine ehrliche Seele gefunden hat - abzuholen und du vergisst es, obwohl es im Kalender stand.

- Du im Timer stehen hast: *Timer einstecken.*

- Du total stolz auf deinen Timer bist und jedes Mal, wenn du ihn benutzt, denkst: *Ich bin jetzt organisiert.*

- Du zum zweiten Mal in der Woche einen Pin kurzzeitig vergessen hast.

- Du deine PUK-Nummer für das Handy im Timer stehen hast.

- Du die falsche Postleitzahl irgendwo angibst und es erst im Nachhinein bemerkst.

Es hat also auch Vorteile. Also neben dem, dass man total kreativ ist und oft auch etwas verrückt und um die Ecke denkend. Humor ist halt, wenn man trotzdem lacht! Man darf sich einfach nicht zu ernst nehmen. Wer nicht über sich selbst lachen kann, ist ein armer Mensch. Böse Menschen kennen keine Lieder, heißt es zumindest. Was ich aber bezweifle, wenn man bedenkt, wie viele nazisozialistische und kommunistische Lieder es gibt. Aber ich glaube, wer über sich selbst lachen kann, ist zumindest nicht total verdorben, sondern hat Menschlichkeit in sich. Lachen nimmt Dingen ihren Schrecken. Deswegen immer schön Lächeln, wenn die Polizei einen kontrolliert. Manchmal lacht man eben auch nur, um nicht zu weinen.

„Bewerben und andere Schwierigkeiten"

In Rahmen meines Studiums ist im vierten Semester ein hunderttägiges Praktikum vorgesehen. Ich bereite mich darauf vor, es zu wiederholen - weil ich das Letzte verpatzt hatte, musste ja das Urlaubssemester einlegen. Ich habe in den letzten Tagen viel recherchiert und viele E-Mails geschrieben und auch Anrufe getätigt, um einen guten Praktikumsplatz zu ergattern. Habe auch schon frühzeitig damit angefangen, nicht dass es mir wie letztes Jahr geht und die besten schon alle weg sind.

Ich habe mich unter anderem in einem Hort beworben und erhielt eine Einladung für ein Vorstellungsgespräch. Ich war total aufgeregt. Ich wollte es schaffen und ein richtig gutes Praktikum ablegen und möglichst viel lernen. Ich bin also wegen eines Bewerbungsgesprächs nach Freiburg gefahren. Nach zwei Stunden war ich endlich angekommen und habe den Ort gesucht, wo ich die Sozialarbeiterin treffen sollte. Zuerst bin ich im Kinderhort gelandet.

Die Kinder waren nett, aber als sie mich fragten, ob ich ihr neuer Betreuer werden wollte, ahnte ich dumpf, dass ich hier nicht so ganz richtig sein könne. Ich wollte ja Sozialarbeiter werden und kein Kindergärtner. Außerdem sollte man den Bock nicht zum Gärtner machen, äh, ich meine, es gibt sicher reifere und geeignetere Personen, um auf unser wertvollstes Gut aufzupassen. Und nein, ich meine damit die Kinder, nicht mich!

Zugeben, ich habe Erfahrung darin, auf mich aufzupassen, nur ist dieses BAFÖG keine angemessene Aufwandsentschädigung dafür, denn haben Sie schon mal auf mich aufgepasst? Die Antwort wird wohl nein lauten, sonst hätten Sie nicht dieses Buch gekauft.

Ich verabschiedete mich und ging weiter, auf der Suche durch die Schule, die sooo leer war. Irgendwie kam ich mir dabei seltsam vor und habe erwartet, dass gleich das nächste Kind laut fragt: „Was macht der Onkel da?"

Wie es nicht anders sein sollte, begegnete ich ungefähr einem Dutzend Mütter. Also jener Sorte Mütter, die sich in Amerika zur Vizepräsidentin aufstellen lassen und Sarah Palin heißen. Seine eigenen politischen Ansichten wirkten wie die eines verträumten Hippies im Vergleich. Einer Mutter, die faktisch überall Schusswaffen dabei hat, die in jedem Mann eine potentielle Bedrohung für ihr Kind sieht. Am liebsten würden die jeden Kinderschänder persönlich auf den elektrischen Stuhl binden und den Hebel mit Begeisterung umlegen. Also den mit dem Strom.

Manchmal werden solche Mütter auch Heilpraktikerinnen, da dürfen sie auch Strom in menschliche Körper jagen. Sie können sich ja vorstellen, der Mann dort wäre ein potenzieller Kinderschänder. Oder sie landen beim US Militär und ihre Bilder gehen dann um die Welt, wie sie an Hundeleinen Gefangene spazierenführen.

Aber wie sollte es sein, die Sozialarbeiterin war nicht da und ich bin umsonst in der Schule gewesen. Gut, das war ich Jahre davor auch.

„Free Tibet"

Ich wurde in eine geschlossene Gruppe auf Facebook eingeladen, so unter Weltverbessern. Neben vielen Verschwörungstheorien - am besten hat mir die gefallen, wie Aliens unseren Kaffee infiltrieren - fand ich politische Aktionen. Unter anderem diese: Fasten für Tibet.

Zweihundertzweiundneunzig Leute haben teilgenommen. Klingt logisch, dass die kommunistische Partei

Chinas, welche über das größte stehende Heer der Welt verfügt, vor zweihundertzweiundneunzig Leuten die im Internet auf *Teilnehmen* gedrückt haben, Angst hat. Ich sehe schon die Nachrichten vor mir, wie die Chinesen fluchtartig Tibet räumen. Die Bilder, die wir in den Medien dann bestaunen werden, von zurückgelassenen russischen Panzern, werden an den Abzug der Russen aus Afghanistan erinnern. Vielleicht wäre es auch klug gewesen, die Aktion publik zu machen, weil in einer geschlossenen Gruppe, dies keiner aus der Regierung in Peking mitbekommt. Vermute, dass von den zweihundertzweiundneunzig die meisten schon am zweiten Tag aufgehört haben zu fasten.

Heute habe ich mit einer Bekannten ein interessantes Gespräch geführt. Sie teilte mir mit, dass sie als Zehnjährige in einem Buch gelesen hat, dass ein guter Arzt bei jedem Patienten ein Stück mitstirbt. Sie hat sich schon als Kind gefragt, wie der Arzt dann noch lebt? So werden also die Leute auf das Leben vorbereitet, die dir beim Essen von den ihnen durchgeführten Operationen erzählen … gut zu wissen.

Ich habe ihr daraufhin mitgeteilt, dass ich als Zehnjähriger immerhin auch die Bibel schon gelesen hatte.

„Immer diese Gewaltbücher", hat sie mir geantwortet, woraufhin ich so frei war, sie darauf hinzuweisen, dass Super RTL und Kika um fünfzehn Uhr grausamere Dinge im Fernsehen zeigen, als das Buch der Könige oder das Buch Levitikus. Aber habe ich damit so recht? Natürlich läuft im Fernsehen viel Blödsinn und viel Gewalt, aber wäre es besser, wenn es öffentliche Hinrichtungen zur

Belustigung der Leute wie vor zweihundert Jahren gab? Oder Gladiatoren zum Spaß in Arenen hingeschlachtet werden, wie im alten Rom, und nur sehr wenige daran überhaupt Anstoß nahmen?

„Zahnarzt"

Ich bin am Morgen mit schrecklichen Zahnschmerzen aufgewacht. *Wunderbar,* denke ich mir, *das hat mir gerade noch gefehlt. Zahnschmerzen sind das, was jeder Mensch braucht, warum trifft es ausgerechnet mich?* Es gibt ungefähr sieben Milliarden anderer Menschen, die hätten sie auch kriegen können. Wäre ich Verschwörungstheoretiker, könnte ich ja jetzt glauben, meine Zahnschmerzviren wurden in einem amerikanischen Geheimlabor gezüchtet und ich bin Teil eines großen Versuches. Aber die Wahrheit ist eine andere und es fällt mir schwer, es einzugestehen, aber: Ich bin schuld!

Ich bin es gewesen, ich habe mich schuldig gemacht! Ich habe nicht hingeschaut, als meine Hand zur Zahnbürste greifen wollte und ich habe der Zahnpasta Hilfe verweigert, als sie aus der Tube wollte. Für diese Ignoranz zahle ich nun mit Zahnschmerzen, ich hätte lieber mit übriggebliebenen Geschmacksnerven nach den Mahlzeiten bezahlt, wäre billiger für mich gekommen.

Zahnarzt, das klang für mich genauso verlockend wie Faustschlag auf die Nase, Salat oder Kieferbruch. Kurz überlege ich, das Problem selbst zu beheben, aber mir dämmert, der Zahnarzt wird es hoffentlich schmerzfreier schaffen, immerhin ist das sein Broterwerb! Schließlich gehe ich zum Stationsarzt und finde mich wenige Minuten später in einem Taxi wieder, das mich zum Zahnarzt fährt.

Entweder klingt Fuß wie Hand oder er glaubt, meine Zähne wären in meinen Fuß oder man hält mich nicht für fähig, den Weg allein zum Zahnarzt zu finden. Ich muss sage und schreibe vier Minuten mit dem Taxi fahren. Schließlich sitze ich im Wartezimmer, auch Vorhölle genannt. Hätte der Papst lieber die Zahnärztewartezimmer abgeschafft, statt der Vorhölle, hätte ich mehr davon gehabt.

Ich werde schließlich in das Zimmer des Zahnarztes gebracht, ähnliche Gedanken und Vorstellungen wie den armen Seelen, die einst in die Folterkeller der Inquisition verschleppt wurden, suchen mich heim. Die Versuchung zu fliehen ist riesengroß. Ich könnte mich schon irgendwie ins Freie kämpfen. Ein Feuer legen und in der Panik fliehen oder aus dem zweiten Stock aus dem Fenster springen? Aber mir wird die Entscheidung abgenommen. Der Zahnarzt tritt ein, ein Kerl, der wohl im Ruhrpott einst Bergmann gewesen war oder Holzfäller in den Rocky Mountains. Vermutlich könnte er mir mit zwei Fingern das Genick brechen.

„Entspannen Sie sich", sagt der zwei Meter-Mann.

Im Angesicht mit einer Menge spitzer Werkzeuge und Spritzen, die vor mir liegen, da hätte er mir genauso gut eine Rasierklinge an die Kehle halten können. Ich öffne den Mund, er sieht hinein und macht das, was wohl jeder Zahnarzt - Lehrling am zweiten oder dritten Tag lernt.

Ähnlich wie ein Automechaniker beim Öffnen der Motorhaube.

„Das sieht ja ganz schlimm aus", sagt er. Ich habe aber zum Glück nur entzündete Backentaschen. Ich bekomme also irgendein seltsam schmeckendes Mittel auf die Zähne. „Problem geklärt", meint er.

Das war es schon? Bitte? Soll ich mich nun selbst kasteien? Ein Zahnarztbesuch ohne Schmerzen, das geht ja gar nicht! Aber das Leben ist kein Ponyhof und nicht alle Ponys sind schön.

„Stell dir vor, es ist Weltuntergang und keiner geht hin"

Wäre tatsächlich schlimm! Man stelle sich das mal vor, die Maya haben sich so viel Mühe mit ihren Prophezeiungen gemacht und wir wissen das nicht zu würdigen. Unter größten Opfern haben die Mayas damals den Kalender angefertigt, um uns diese Botschaft zu übermitteln. Die Erklärung, dass der Kalender einfach zu Ende gewesen ist, wäre zu banal.

Ich bereite mich trotzdem auf den Weltuntergang vor, heißt, ich überlege mir, wie ich meine Mitmenschen morgen nerven kann.

Es ist Weihnachten, höchste Zeit etwas Gutes zu tun. Unzählige Aktionen werben dafür, dass sich auch jeder an Weihnachten gut fühlen kann, obwohl man die elf Monate davor nichts getan hat. Ein gutes Gefühl gibt es noch nicht direkt zu kaufen, aber indirekt schon. Indem man Geld oder Gutes von Herzen spendet. Und jeder Promi irgendwie etwas Gutes tun will. Irgendwann einmal gründe ich zu Weihnachten *Folter für die Welt*, *Free Fritzl* oder *Unfreiheit für Simbabwe*. Wer weiß?

Im Edeka lauerte den Kunden in alter Wegelagerer-Manier ein Musiker auf oder zumindest würde er sich als solcher bezeichnen. Eigentlich war es unklug von Edeka, ihn vor die Gemüse- und Obstabteilung zu setzen. Ich bin überzeugt davon, dass das Obst bei dieser Musik freiwillig und schnell verschimmelt und verfault. Ich hatte mir überlegt, ob ich ihm raten sollte, dass wenn er wirklich Spenden sammeln will, er aufhören sollte zu spielen? Oder noch besser: Den Leuten klar machen, dass er Geld verlangt, wenn er aufhört? Wohl noch effektiver wäre es allerdings, würde er vor dem Rathaus kampieren und dort spielen. Dann allerdings kam mir der Gedanke, dass sonst seine Hilfsorganisation als terroristische Vereinigung verboten wird. Nachdem ich Brot für die Welt schon mein Chi gespendet habe, wäre es bedauerlich, wenn dies umsonst gewesen wäre.

„Ich bin dann mal weg, sprach die Welt oder eben auch nicht"

Ich glaube, nach dem heutigen Tag ist es vielleicht wirklich besser, dass die Welt untergeht. Meine Mitmenschen werden - glaube ich für den Fall, dass wir den heutigen Tag überleben - dafür sorgen, dass ich nicht länger überlebe. Aber zugegeben, es macht Riesenspaß den Leuten bewusst zu machen, es könnte das letzte Brötchen sein, das sie essen. Das letzte Mal seine schreckliche Musik hören und es könnte auch der letzte Stuhlgang sein.

Der Pfleger, Herr Kaufmann, hat sich vermutlich im Nachhinein gewünscht, keinen Dienst zu haben. Ich habe ihm zwar leider nicht die Bedeutung seines letzten Stuhlganges bewusst machen können - weil mir der Aufwand dann doch zu groß war, vor dem Klo zu lauern. Man weiß es ja nicht, vielleicht hat die Erde uns Menschen satt und Erdmassen verschlingen uns, Außerirdische landen und zerstören die Erde oder die Maya Götter oder Ungeheuer zerstören die Welt. Faszinierend, dass es Menschen gibt, die einem Volk Glauben schenken, das es ganz ohne fremde Hilfe geschafft hat, sich, nun ja, abzuschaffen.

Die Mayas glaubten, dass alle fünfzig Jahre die Welt erneuert werden müsse, so holzten sie riesige Wälder ab, um daraus Kalk zu gewinnen, und überzogen ihre Pyramiden und Häuser jedes Jahr aufs Neue. Aber die Mayas mussten lernen, dass es in der Natur nicht nur Pandabären, Seehunde, Hundewelpen und Katzenbabys gibt, sondern dass sie sich auch wehrt. Wenn man Bäume fällt, um Talk zu erhitzen, ist das nicht weiter schlimm, außer man macht das ständig und fällt dann alle Bäume, das ist dann nicht so gut. Erosionen sind ein ganz beliebtes Mittel der Natur, um den Menschen loszuwerden. Vielleicht hat sich die Erde auch gedacht: *So, ihr prophezeit meinen Untergang, dann stirbt jetzt nicht die Menschheit, sondern ihr.* Man weiß es nicht so genau.

Die Mayas sind also tot! Hat ihnen nicht viel gebracht, ihre großen Weissagungskünste. Ergibt ja auch irgendwie keinen Sinn, oder? Aber das ergeben Verschwörungstheorien selten. So habe ich eigentlich doch einen schönen letzten Tag auf Erden erlebt. Beim Fernsehprogramm am Abend hat man sich aber den Weltuntergang fast schon herbei gewünscht. Die Fernsehstationen werden sich halt gedacht haben: *Hinterher kann sich keiner über das Fernsehprogramm mehr beschweren und die Quoten sind dann auch egal.* Zumindest wäre das eine Erklärung.

Die Erde hat im Übrigen nur noch dreißig Minuten, um unterzugehen, sie muss sich ranhalten. Zur Not muss sie Überstunden machen. Die Planetengewerkschaft wird es ihr schon gut rechnen.

Ich stell mir vor, wie die Erde mit dem Mars spricht:

Mars: Wie geht es dir Erde?

Erde: Hm joar... wie geht es dir denn?

Mars: Ich habe zu viel Eisen im Blut.

Erde: Na, du hast es gut. Ich bin auch krank, ich habe Homo Sapiens.

Mars: Kenn ich, das Problem löst sich von alleine.

Zumindest hält man es für möglich, dass es auf dem Mars einst Leben gab. Theoretisch ist vieles möglich, auch dass Lady Gaga irgendwann gute Musik macht. Man glaubt, Spuren von Wasser gefunden zu haben.

Auf jeden Fall, die Erde hat noch zehn Minuten. Ich lass mich einfach mal von ihr überraschen und geh schlafen.

„Der Tag nach dem Tag Null, ein ganz normaler Tag"

Wir leben also noch, welche Überraschung! Dabei hatte ich damit gar nicht gerechnet und deswegen das Tagebuch geschrieben *hüstel*. Ich hatte angenommen, tot aufzuwachen oder so ähnlich. Aber alles wie üblich. Die Klospülung funktioniert noch, Essen wird leider auch auf die Station geliefert und die gleichen Gesichter wie am Vortag schauen mich am Morgen an. Bei manchem Gesicht bedauert man den Umstand, dass die Mayas sich geirrt haben.

In einem Heft habe ich gelesen, dass man an Weihnachten ruhig die schönen Filme schauen könnte, denn wann im Jahr liefen sie denn so dicht beieinander? Eben, wer würde nicht achthundert Kilometer weit fahren, um sich die Fußnägel zu schneiden - wenn man schon mal die Zeit hat -, die letzte Raid in *Wow* zu absolvieren oder ein Sudoku lösen? Dieses Zusammensein in der Familie wird überbewertet!

Gemeinsam würgen beim *Sissi* gucken, sich gemeinsam langweilen bei der dreihundertvierunddreißigsten Wiederholung des *Kleines Lords* und gemeinsam vor dem Fernseher einschlafen. Das hat also auch Zukunft. Aber gut, vielleicht eint der Hass auf diese Filme zerstrittene Familien, dann hätten sie endlich einen Sinn.

Familienmitglied Nr. 1: Der kleine Lord ist das Schlimmste.

Familienmitglied Nr. 2: Nein diese ewigen Sissi Filme.

Familienmitglied 3: Können wir uns nicht darauf einigen, dass alle beiden schlimm sind?

Alle im Chor: Hast du recht.

„Draußen rieselt kein Schnee..."

Weihnachtsgeschenke rechtzeitig besorgen, das ist wohl etwas, das sich jeder vornimmt und die Allermeisten schaffen es auch, aber nicht alle. Ein Blick in die Innenstadt, am 24. Dezember morgens beweist mir das. Diese Leute kaufen immer kurz vor knapp ein, die sollten sich ein Beispiel nehmen an Leuten wie mir, die ihre Geschenke schon am 22. Dezember kaufen. Aber dann stellt man fest, dass man doch nicht genug Vorräte im Haus hat, um die beiden Feiertage nahtlos zu überstehen, es könnte ja die Nagelschere kaputt gehen oder die Schuhcreme geht natürlich genau am Morgen des 24. Dezembers zur Neige. Der Zahn, der sonst dreihundertdreiundsechzig Tage im Jahr ruhig ist, tut genau dann an Weihnachten weh. Interessant, oder? Zumindest hat man den Eindruck, wenn man um elf Uhr morgens im Supermarkt steht und seine bescheidenen Einkäufe in der Tasche verstaut. Unmöglich diese Leute, die an Heilig Abend einkaufen.

Die Schlange will einfach kein Ende nehmen, von weihnachtlicher Stimmung ist überhaupt nichts zu sehen oder zu spüren, alle erscheinen abgehetzt und die Kassiererinnen frustriert, dass sie arbeiten müssen, während andere frei haben. Was aber auch verständlich ist.

Schließlich ist es geschafft. Ich fahre nach Hause zu meiner Familie. Später dann war ich in einem Freikirchen Gottesdienst. In der Tat hatte ich kein Hausverbot bei sämtlichen katholischen Gemeinden der Umgebung und ich war auch nicht zu faul, aber es war etwas, das ich mit meiner Mutter zusammen erleben wollte. Es hat doch etwas, etwas Gymnastik, äh, Lobpreis für Jesus abzuhalten. Auch das Stück war ganz nett, nur war mir sofort klar, dass es ein *Wir wollen dieses Jahr etwas anderes machen* Stück wird. Meine Erwartungen wurden nicht enttäuscht. Die Kinder spielten sich selbst, also ganz authentisch. Aber immerhin wurde die Weihnachtsgeschichte vorgelesen und nicht vorgetanzt oder vorgemalt.

Ich muss gestehen, das habe ich mir nur ausgedacht, aber viele ähnliche Stücke wurden bisher aufgeführt und werden noch aufgeführt werden. Wenn die Bibel irgendwann nicht mehr gelesen wird, wird auch niemand mehr die wirkliche Weihnachtsgeschichte kennen. Aber wenn man sieht, wie sie interpretiert und jedes Mal aufs Neue geschändet wird, ist man fast froh darum.

Außerdem hat der Pastor dort gesagt: „Damals konnte man noch mit dem Heiland duzi duzi machen.“

Mir kam dabei der Gedanke, dass Jesus leider die Wange hingehalten hätte und nicht dem Pastor dafür in die Fresse schlägt … schade manchmal. Außerdem hat das Baby, als es groß wurde, die Tische der Händler im Tempel kaputtgemacht und hätte euch euren Klingelbeutel, den ihr habt herumgehen lassen, um die Ohren geschlagen.

Aber der restliche Gottesdienst ist ganz nett gewesen und so fahren wir zufrieden nach Hause. Es gibt ein feines Essen und schließlich kommt das, was die Kinder schon Wochen ersehnt haben: die Bescherung. Also etwas auspacken, damit zwei Tage spielen und es dann monatelang nicht eines Blickes würdigen. Aus mir nicht so ganz nachvollziehbaren Gründen, liegt auch für den Hund etwas unter dem Baum.

Wir Kinder haben immer halbernst gestritten, wer Mamas Lieblingskind ist, seit der Hund da ist, ist dieser Wettstreit beendet. Es ist eindeutig der Hund! Vor einigen Monaten habe ich auch entdeckt, dass mein altes Lieblingskissen als Hundekorbfüllung herhalten musste. Der Hund hat einige verpackte Hundespielzeuge und Knochen erhalten. Immerhin habe ich keine Schuhe oder Pullover für ihn gefunden, das war mein einziger Trost. Ich persönlich habe wieder einen Schwall Bücher erhalten und natürlich Klamotten und einen Jahrzehnt-Vorrat Duschgels und Deodorants. In den ersten Jahren habe mich manchmal gefragt, ob sie mir damit was sagen wollten, aber wenn, dann haben sie sich an den Geruch längst gewöhnt und dann ist es auch nicht mehr schlimm für sie.

Ich habe den Korb verschenkt, den ich gebastelt habe - ich wollte schon immer mal jemand einen Korb geben - und einige andere Kleinigkeiten, also von der Sorte, die man im Ein- Euro Laden erhält.

Aber gefreut haben sie sich trotzdem oder wenigstens so getan. Aber wann bekommt man schon mal einen Korb geschenkt?

Spät abends schlafe ich zufrieden ein, es war ein aufregender Tag und ganz schneefrei…

„Hummer und Kaviar"

Essen bei der Familie. Es war sehr delikat und besser als der Fraß, den ich Student mir sonst so genehmige. Mir hängt der Hummer und Kaviar schon zum Hals raus, den ich mir sonst so mache, wenn ich auf der faulen Haut liege. Zumindest in der Vorstellungswelt meines Vaters. Danach war das Spielen mit der Familie dran. Wieso können wir nicht wie ganz normale Menschen auch Monopoly spielen oder wenigstens einen schönen Film anschauen? Der Blick ins Programmheft erstickt diese Idee wieder im Keim. Wir haben nicht genug Essen im Haus, wie man brechen möchte, wenn wirklich von fünfzehn bis zweiundzwanzig Uhr *Sissi* läuft. Wer in aller Welt schaut diesen seichten Stumpfsinn denn überhaupt an?

Ich ahne die Antwort, dieselben Menschen die das *ZDF-Traumschiff, den Musikanten-Stadel* und Carmen Nebel finanziell über Wasser halten. Auch das andere Fernsehprogramm ist ähnlich seicht und zum gefühlten tausendsten Mal gespielt. Was das mit Weihnachten zu tun hat, muss man mir auch irgendwann mal erklären. Die Familie startet die *Wii* und mir graut schon davor ... was wird jetzt gespielt? Ich atme erstmals beruhigt aus, kein Karaoke oder etwas, wo ich mich viel bewegen muss. Ich bin noch ganz vollgefressen und das Letzte, was ich gebrauchen kann, ist Bewegung. Stattdessen wird Wörterraten gespielt.

Meine Mutter hat wieder einmal lecker gekocht und verzweifelt an meinen Geschwistern und mir. Meine große Schwester hat wieder das Leid der Palästinenser thematisiert. Wenn der Nahost Konflikt gelöst wird, werde ich auch endlich von den Vorträgen erlöst, wie arm die Menschen dort unten doch sind. Natürlich bring ich Verständnis dafür auf, wenn sich Leute in voll besetzen Cafés in die Luft sprengen und Unschuldige töten. Immerhin ist ihr Volk ja Opfer! Oder um genau zu sein, sind dann geschlagene Frauen der Palästinenser Opfer der Opfer. Aber wiederum sind die Palästinenser Opfer der Juden, die ja bekanntlich Opfer der Nazis sind. Also Opfer, der Opfer, der Opfer, der Opfer. Die Deutschen sind ja auch Opfer des Versailles Vertrages, der der Großmannssucht einiger Staatsoberhäupter geschuldet war…

Ich muss das bestimmt nicht weiter ausführen …

Außerdem regt sich meine Mutter darüber auf, dass der Papst den verfolgten Christen Mut zuspricht, es erscheint ihr wie Hohn. Nach dieser Logik ist es also besser, die verfolgten Christen zu vergessen, habe ich ihr geantwortet. Sie freuen sich sicher, dass jemand an sie denkt. Nein, sie würden es als Hohn empfinden. Ich bewundere diese Empathie, sie weiß also, wie sich verfolgte Christen fühlen.

Es sollte lieber einer tun. Gute Idee, wählen wir diesen Papst ab, denn immerhin ist er schuld, dass Christen verfolgt werden und er hindert auch die anderen Mächte der Welt, den Christen zur Hilfe zu eilen. Eigentlich müsste er doch einen freiwilligen Kreuzzug ausrufen. Ich wette, meine Mutter wäre die Erste, die nicht daran teilnehmen würde. Außerdem führen die Piraten gerade schon einen Kinderkreuzzug durch. Da wären die Straßen ganz verstopft, vor lauter Kreuzzüglern.

Der Westen führt doch schon einen Kreuzzug, wenn man dem wirren Gestammel einige paranoider arabischer Extremisten Glauben schenken mag.

.

„Schule ist auf dem Friedhof"

Ich war mit meinen Vater und meiner Schwester unterwegs. Zuerst waren wir gemeinsam Essen, danach auf dem Waldfriedhof der Illenau. Normale Familien wären ja wandern gegangen oder hätten sich das gefühlte hundertste Mal *Sissi* angesehen. Aber allein bei dem Gedanken, man könnte ganz normale Dinge tun oder solche uns widerfahren, sträuben sich wohl uns und unseres Schicksals Nackenhaare. Entweder wir selbst tun abnormale Dinge - siehe Waldfriedhof - oder uns passieren auf normalen Dingen, abnormale Dinge. Wie etwa der fünfzehnjährige Junge, der mich plötzlich umarmt und mir sagt, wir hätten uns Jahre nicht gesehen. Er stellt schließlich fest, dass ich gar nicht sein Cousin bin. Hätte er mich gefragt, hätte ich ihm das früher sagen können.

Auf dem Waldfriedhof haben meine Lehrerschwester und meine Wenigkeit, das Grab der Familie Schule entdeckt, ein Mehrfachgrab, welch Ironie. Die sich noch vergrößerte als sich herausstellte, dass so gut wie alle Lehrer gewesen waren; und zwei sogar Direktoren. Wir sind durch die Illenau spaziert, die im Begriff ist, eine zweite Vauban zu werden. Das ist es, was die Menschheit braucht. Ein Viertel voller dreihundertprozentiger

Mülltrenner, im Bioladen einkaufende, versnobte Sesselpupser. Wenn das der neue Mittelstand wird, ersehnt man sich fast schon die Diktatur des Proletariats, wie es Marx androhte. Vermutlich habe ich mal wieder ein neues Wort erschaffen. Neben zu dritt und pogromiert - also Leute, an denen ein Pogrom verübt wurde, nun auch noch das Wort Vaubanisierung. Was ist das? Kann man das essen? Ja, glaube schon, aber ob Humus schmeckt?

Die Wohlstand-Ökos, also die wohlhabenderen Grünen, ziehen in ein gemeinsames Viertel, errichten dort Waldorfschulen, Walddorfkindergarten, Fair Trade Läden, verbannen Autos und suhlen sich in ihrer überlegenen Moral gegenüber dem umweltignoranten Pöbel, der im Rest der Stadt wohnt. Das ist vor allem in den Universitätsstädten passiert, zuerst in Freiburg, um sich dann weiter auszubreiten. Jeder Stadt sein Ökoviertel. Aber gut, jede größere Stadt hat auch ein Gefängnis, ein Bordell, ein Finanzamt sowie eine Müllkippe. Jedem dass Seine.

„Wissen, was die Menschheit wirklich weiterbringt"

Manchmal wäre es doch tatsächlich besser, die Menschen behielten ihre wahnwitzigen Ideen für sich. Was wäre uns alles erspart geblieben? Der 2. Weltkrieg, der Kommunismus, *Durch den Monsun* und vor allem das Wissen, was Charlotte Roches sich alles wohin gesteckt hat und das ist leider noch das harmlose Wissen. Es gibt wenig Bücher, die mich so wütend gemacht und angekelt haben! Das schreibt jemand, der ungefähr vier Filme über Inzest Kannibalen in den Wäldern von West Virginia angesehen hat - *Wrong Turn 1-4*.

Also es gibt am Anfang etwas Handlung und dann, nun ja, geht es ungefähr gefühlte einhunderttausend Seiten, nur um das *Innenleben* der Romanheldin. Mit Innenleben ist im Übrigen nicht nur das Seelische gemeint ... In dem Buch werden Einsichten vermittelt, welche die Menschheit wirklich weiterbringen, man kann Sperma also unter den Fingernägeln bunkern, um etwas Leckeres für später zu haben oder dass man den Schleim aus seiner Vagina auch konsumieren kann.

Sie isst auch gerne ihre Pickel und ihre Nasenpopel. Wenn das die sexuelle Befreiung des Weiblichen ist, wie einige Kritikerinnen bemerkten, dann habe ich die Frauen aus den Siebzigern völlig falsch verstanden. Sie wollten damals doch nur ihre Körperflüssigkeiten verspeisen dürfen. Was das im Übrigen mit Erotik oder Sex zu tun hat, ist mir immer noch schleierhaft. Wenn man den Schilderungen Glauben schenken mag, ist die Autorin wohl das weltweit größte Sammelsurium für Geschlechtskrankheiten aller Art.

Wenn die Schreiberin wirklich von sich erzählt, bezweifle ich doch fast, dass sie jemals Sex gehabt hat. Es bleibt zu hoffen, dass wenn die Autorin das nächste Mal ihre Nasenpopel erntet, ihre Finger dort steckenbleiben, um uns vor weiteren Traumata und Büchern zu bewahren.

„Von Körbchengrößen und Schweinen"

Es gibt die Tage, da hat man einfach einen Clown geschluckt und kann nichts ernst nehmen. Man würde vermutlich sogar in schallendes Gelächter ausbrechen, wenn man erfahren würde, dass man im Lotto gewonnen hat oder die Schwiegermutter gestorben ist. Zugegeben, wenn manche dann lachen, wäre es sogar nachvollziehbar. Ich hatte so einen Tag. Vielleicht lag es daran, dass ich neben dem Weltuntergang auch noch Weihnachten überlebt habe oder ich ein Datum hatte, wann ich die Klinik verlassen konnte.

Obwohl ich die Nacht kaum geschlafen hatte, kam mir nach nur zwei Minuten im Wachzustand schon der erste Blödsinn in den Kopf. Ich habe mich hinter eine Mitpatientin gestellt, die sich wiegen wollte und habe immer heimlich mein Bein draufgestellt. Ich habe sie so zweimal in den Glauben versetzen können, sie wiege fünfzehn Kilogramm mehr. Das ist ungefähr vergleichbar damit, dass man einem Mann Glauben schenken lässt, er würde keinen mehr hochbekommen.

In der Morgenrunde gab ich dann zu verstehen, dass ich anders als *ET* nicht nur nach Hause telefonieren wollte, sondern auch wirklich hingehen würde. Als man mir eine sichere Heimreise wünschte, erwiderte ich, da ich nicht vorhatte mit der Deutschen Bahn zu fahren, würde mir dies auch gelingen.

In der Werkstatt später meinte Alex, das Körbchen, das er gerade flocht, sei zu klein, da habe ich ihn nach seiner Körbchengröße gefragt. So eine durchweg pazifizierte

Gesellschaft hat auch seine Vorteile, fiel mir danach spontan ein. Beim Mittagessen ersann ich den Plan, dass sich ein Schwein nur von Schnitzel ernähren solle und dann aus diesem Schwein ein Schnitzel machen würde. Die Idee liegt im Übrigen schon beim Patentamt vor, falls Sie also meine Idee klauen wollen, kommen Sie zu spät. Die Lektion, die ich mit diesem Bill Gates machen musste, zwecks Patentraubs, war mir eine Lehre.

Alex schlug mir vor, dass ich doch ein Schwein heiraten könnte. Na ja, immerhin käme ich dann dank meiner Ehefrau sicher durch Neu-Köln, meinte ich.

So trieb ich es den ganzen Tag, immer hatte ich einen guten Spruch auf Lager, mir schien die Sonne einfach aus dem Gesicht. Ein Meteor hätte schon die weltweiten Schnitzelvorräte vernichten müssen, um meine Laune zu verderben.

„Alexander und die wilden Jungs"

Ich habe den Film *Caesar* aus dem Jahr 2002 gesehen. Hätte es damals schon Fernsehen gegeben, hätte Caesars Propagandaabteilung keinen besseren Film drehen können. Der Film an sich war ziemlich gut, nur leider habe ich dort wichtige Personen und Fakten vermisst. Personen wie Octavian oder gar Cicero. Auch Dinge, die eigentlich ein düsteres Licht auf Caesar werfen müssten, hat der Film einfach etwas, sagen wir mal, korrigiert. Als ich auf YouTube dann weiter geblättert bin, habe ich den

Film *Alexander der Große* mit Angelina Jolie gefunden. Dieser unerträgliche ödipale Film ...

Apropos ödipal:

Kommt ein Junge nach dem Besuch beim Psychiater zurück nach Hause. Seine Mutter fragt: „Und was ist los, hast du ADHS?"

„Nee, einen Ödipuskomplex."

„Ödipale ... ist doch egal, Hauptsache du hast Mama sehr lieb."

Man fragt sich ernsthaft, was im Kopf des Regisseurs vor sich gegangen ist. Aber gut, immerhin spielt dort eine Frau mit, die ihre Kinder Knox Léon, Vivienne Marcheline und Jolie-Pitt nennt. Ich glaube, das sagt alles oder das diese Frau einfach ihren Nachnamen ändert. Die Frau scheint also ein durchaus gestörtes Verhältnis zu Buchstaben und Wörtern zu haben. Gut möglich, dass sie selbst das Drehbuch geschrieben hat. Ich dachte ja immer, der Film *Sucker Punch* wäre der Schlimmste aller Zeiten.

Wie gab ich einmal zu Protokoll: „Ein Film, im Film im Film."

Inception hat das ziemlich gut umgesetzt, aber dieser Film ist schlicht und ergreifend gestört. Das Irrenhaus scheint wohl eine Originalkulisse zu sein, denn da scheint der Film auch entstanden zu sein. Eine langweilige, gestörte oder unlogische Story kann eigentlich nur von guten Schauspielern gerettet werden. Diese Schauspieler schaffen es tatsächlich, schlechter als der Plot zu sein und das ist bei diesem Plot eine absolute Niedrigleistung. Kurz und knapp, die zwei Stunden Film war die maximal möglichste Verschwendung von Lebenszeit.

Aber Alexander hat es geschafft, er ist schlechter, ja wirklich!

Colin Farell spielt Alexander so schwächlich, selbstzweifelnd und depressiv, dass der kleine Alexander zweitausenddreihundert Jahre später - wohl auf dem Schulhof des Humantisches Gymnasiums - ständig sein Pausenbrotgeld hätte abgeben müssen. Der Film wirkt auch wie die Abschlussfeier des Humantischen Gymnasiums. Alexander und seine Freunde bereisen die Welt, um fremde Kultur kennenzulernen. Dafür kämpft man halt ein bisschen mit ihnen, dann feiert man mit ihnen und zieht weiter. Alles ganz locker, alle verstehen sich, bis zum Ende, weil ein paar Jungs wieder heimwollen, aber dann doch nicht mitkommen.

Nach drei Stunden hat wohl auch das letzte Kinoopfer verstanden, dass Alexander schwul gewesen ist. Okay toll, danke für die Info, hätte ich ohne den Kinofilm nicht gewusst. Nach den gefühlten zwanzig homosexuellen Szenen wirkt der Film zeitweise wie ein Schwulensoftporno. Angelina Jolie sieht vor der Geburt ihres Kindes noch genauso aus, wie dreißig Jahre später, außerdem scheint der Regisseur die Probleme mit seiner Mutter in das Drehbuch eingebaut zu haben. Zumindest wirkt es so.

„Döner macht nicht nur schöner"

Was tun, wenn einen der Hunger plagt, aber die Zeit knapp ist? Chuck Norris, Gott oder sonst eine geniale

Person hat daher die Fastfoodketten erfunden. Aber Mc Donalds, Burgerking und das Übliche kann einem zum Hals raushängen, also probiert man etwas Neues. Der Name der Dönerbude trug den einer türkischen Stadt, was der Dönerbuden Mann nicht wusste. Später beschloss ich, es zu googeln, aber erst kam der Magen dran.

Ich überlegte, ob ich mir das Schweigen der Lämmer - Döner oder Gelbfinger, also Pommes holen sollte und entschied mich für Pommes. Mein Blick fiel auf eine türkische Zeitung, die herumlag. Der *Gangnam-Style* hatte es dort immerhin auf die Titelseite gebracht. Scheint also das türkische Pendant der Bildzeitung zu sein, was da sonst noch für Schlagzeilen stehen?

Die Ausländer sind schuld! Die Frau des Ministers für Arbeit erzählt vom Kaffeeklatsch mit ihren Freundinnen und ich wette, der und der Politiker hat etwas ganz Schlimmes gesagt, hängen wir ihn an den nächsten Baum. Da sind sich vermutlich die beiden Zeitungen sehr ähnlich. Einen Unterschied habe ich allerdings gesehen! Es fehlten die zwanzigjährigen Zahnarzthelferinnen mit den Maßen 90/60/90. Fast schade ...

Ich habe die Erfahrung gemacht, dass Dönerverkäufer allgemein sehr freundlich sind. Ich hatte jedenfalls noch nie mit einem Unfreundlichen zu tun. Warum die *Ausländer-raus-Schreier* - nicht zu verwechseln mit der Abschlussklasse 2009 der Lender Schule *Aus Lender raus* - ausgerechnet diese gut eingebundenen Türken raushaben wollen, ist mir ein Rätsel. Türken sind allgemein ein sehr höfliches Volk. Vorgestern haben mich mehrere Jugendliche gefragt, ob ich ein Problem habe. Freundlich habe ich negiert.

Nett diese heutigen Jugendlichen, oder? Da werden noch Werte vermittelt.

Zu Hause schließlich google ich den Namen Urfa. Die Stadt erlangte traurige Berühmtheit dadurch, dass die Armenier von dort aus ihren Marsch in die Wüste antreten mussten. Die türkische Regierung hatte im 1. Weltkrieg eins Komma fünf Millionen Armenier in einem Völkermord hingerichtet und sinnlos in die Wüste geschickt, was einem Todesurteil gleichkam. Wäre ich türkischer Staatsbürger, würde ich für die letzten beiden Sätze höchstwahrscheinlich im Gefängnis landen, wegen Landesverrat. Für den türkischen Staat bin ich also ein Krimineller.

Ich verstehe nicht, warum man nicht darüber reden kann. Ist es nicht wahre Größe, wenn man seine Fehler eingesteht und um Verzeihung bittet? Ich würde es den Türken wünschen, auch um ihrer selbst Willen.

„So was passiert auch nur mir"

Heute ist also Silvester, irgendwie ist es Usus, dass man Silvester nicht alleine feiert. Was ich vielleicht in Zukunft aber tun sollte. Andererseits würde ich dann auch meine Bad Boys in Pink wiedersehen. Bad Boys in Pink? Wer waren die? Drescher, Jurij, Lin, Benni und ich hatten, sagen wir mal, eine sehr lebhafte Ecke im Klassenzimmer eingerichtet und waren eng befreundet. Auf dem Abschlussfoto haben wir zusammen in einer Ecke unterschrieben und Sebastian Drescher, hat dann doch tatsächlich in der Farbe Pink unter unsere Namen geschrieben *Bad Boys for life.* Seither sind wir die Bad Boys in Pink.

Lins Spur hat sich in den Weiten der Welt zerstreut. Vielleicht ist er in Australien oder in China, seiner Heimat. Eventuell auch auf dem Planeten Qo´noS, der besser bekannt ist, als die Heimatwelt der Klingonen. Faktisch macht es keinen Unterschied, alles ab vom Schuss. Aber so ist das mit den Freunden von früher. Man verliert sie, wenn das Rad des Lebens weiterläuft.

Benni ist zwar noch in Achern, aber was dieser Widerspruch in sich so treibt, weiß wohl nur er allein. Ein österreichischer Engländer, der in Deutschland lebt oder ein englischer Österreicher, der in Deutschland lebt, ist schon per se dazu verdammt, sein Leben ganz individuell zu leben. Er ist eben ganz in seiner Heimat geblieben.

So ist aus dem stolzen Fünferbund, nur noch ein wackeres Häuflein von drei Mann übrig.

Der Drescher, der Russe, auch als Jurij bekannt und ich sind übrig. Wir drei sind die Bad Boys. Und nichts wird uns auseinanderbringen, außer eine zwanzigjährige blonde Nymphomanin. Aber die Wahrscheinlichkeit, dass sie dann ausgerechnet zu uns kommt, ist dann doch wohl so hoch, wie das Bill Kaulitz ein Gesicht bekommt, das einen nicht förmlich anbettelt, ihm eine reinzuschlagen.

Ich saß also in meiner Wohnung, grübelte über ein Problem und hatte die Denkerpose. Die Hand auf das Kinn gestützt, starrte ich in das Leere.

Ja, es beschäftigten mich in diesem Moment wirklich zwei zentrale Fragen!

- Wenn es Vampirkatzen gibt, sind die dann indirekt Kannibalen? Weil, die dürfen dann ja nur Mäuseblut trinken. Aber da Fledermäuse ja im Grunde Mäuse mit Flügen sind und Fledermäuse Vampire, dann sind doch Vampirkatzen im Grunde Kannibalen, oder?

- Wie viel Leben hat eine Vampirkatze? Sieben? Sieben unendliche Leben oder einfach nur unendliches Leben?

Ich habe meine beiden Freunde mit diesen Fragen konfrontiert, als sie mich besuchten. Drescher fragte mich, warum ich so in meiner Denkerpose wäre. *Na ja, wäre ich es nicht*, gab ich zu bedenken, *wäre ich einfach ein Typ, der sich über was total Idiotisches den Kopf zerbricht. So hat es einen intellektuellen Anstrich, in dieser Pose könnte ich auch das Parteiprogramm der Linken verlesen.*

Der Abend begann wie die üblichen Abende: Was machen wir? Das, was wir jeden Abend tun, wir machen irgendeinen total sinnlosen Scheiß, labern irgendeinen Scheiß, schauen entweder einen bekloppten Film oder spielen Billard, was dem Standardspruch entspricht und auch die Wirklichkeit ziemlich gut widerspiegelt. Wir haben also einen Film angeschaut, danach das Bier aufgemacht, sind in die Stadt gefahren, haben das Feuerwerk angezündet und währenddessen Blödsinn gemacht. Symbolisch habe ich auf das alte Jahr gekackt, den Silvestertanz aufgeführt, kein Dinner for One angeschaut.

Mit den ausgebrannten Raketen haben wir dann noch Bombe gespielt, also wer sie am Ende in der Hand hält, aber das war natürlich ungefährlich. Na gut, ich habe sie, sobald ich sie in der Hand hielt, in den Müll geschmissen.

Ich brauche meine Hände noch. Fünf gegen Willy spielen, geht eben schlecht ohne. Außerdem, wer sollte dann Sie liebe Leser, mit dem neusten Blödsinn, erdacht von meinem Gehirn, bespaßen?

Stellen Sie sich einmal vor, Sie müssten zum Lachen, eine öffentliche Steinigung auf einem iranischen Sender ansehen, da bekämpfe ich doch lieber so etwas aktiv, indem ich verhindere, dass so etwas dann geschaut wird. Ich bin halt ein Menschenfreund.

Danach haben wir den Swinger Club besucht. Also wir waren nur dort, weil Jurij nicht glauben wollte, es gäbe einen in Achern - ja auch in Achern gibt es, äh *hust* Kultur. Es waren Autos aus Basel und anderen weit entfernten Städten da. Scheint wohl ziemlich gut zu sein der Club, vielleicht können die Dominas dort besonders fest zuschlagen. Wer weiß das schon, sie schlagen sich vermutlich im Leben und dort so durch. Vielleicht sollte ich mal vor einem Swinger Club demonstrieren. *Liebe statt Hiebe,* aber die Dominas hätten mit ihren Peitschen schlagende Argumente dagegen, so strich ich das ganz schnell aus meiner *To Do Liste* ...

So endete dann auch dieser Abend wieder mit dem Gefühl: *So etwas erlebst nur du, Matthias. Nur du! Besorg dir mal andere Bad Boys.* Ein Deja Vu Erlebnis, dieser Gedanke, aber mit dem Wissen, Bad Boys in pink sind etwas besonderes und wir werden immer verbunden bleiben. So wahr ich ein Pinker Bad Boy bin.

Was im Dezember geschah:

Ich bin weiterhin in der Klinik. Ich bin mittlerweile sieben Wochen hier, langsam aber sicher neigt sich mein Aufenthalt dem Ende zu. An den Wochenenden fahre ich nach Hause, wer hätte gedacht, dass man von einem Urlaubssemester Urlaub braucht?

Ich war in der Kreisstadt Offenburg, habe den Zahnarztbesuch sowie diverse grottenschlechte Filme überlebt. Ich lebe mich immer besser auf der Station ein. *Wetten dass* hat Freiburg und Offenburg heimgesucht und ich habe Erfahrungen mit Chi gemacht. Ich habe die Apokalypse überlebt und meine Mitmenschen vorher in den Wahnsinn getrieben. Habe Weihnachten mit der Familie gefeiert und konnte so meinen Vorrat an Deos, Duschgels und Parfüms für die nächsten Jahre wieder auffüllen. Ich war in einer Dönerbude zu Gast und ich habe wieder einmal ein unvergleichbares Silvester erlebt.

„Von Vorsätzen und einem Neuanfang"

Neues Spiel, neues Glück! Ein neues Jahr ist angebrochen. Was wird sich ändern? Normalerweise geht man ja die Vorsätze vor dem neuen Jahr durch und schreibt sie auf eine Liste. Ich habe es schlicht vergessen, daher muss ich es jetzt machen.

- Mit dem Rauchen aufhören: Ich habe von Leuten gehört, die abgenommen haben durch das Rauchen. Oft viele Kilos auf einem Schlag, bei Amputationen. Davon ab, ich war damals schlicht zu geizig, mit dem Rauchen anzufangen. Mit dem Geld konnte man viel Schöneres

machen und außerdem haben es alle gemacht, damit hat es schon mal sehr viel Reiz verloren.

- Abnehmen: Tue ich auf der Station automatisch, mit einem bewährten Mix aus: Ich würde zögern, das Essen an die armen Schweine zu verfüttern - Mahlzeiten und Sport, gelingt es auf dem Boot Camp Klinik sehr gut.

- Weltfrieden: Kann ich wenig dazu beitragen, ich mache jetzt schon viel für den Weltfrieden. Durch meine Bilder im Internet mache ich Menschen glücklich. Sonst hätten sie einen Atomkrieg angefangen, wären Amok gelaufen oder hätten Schlager oder Hip Hop Lieder aufgenommen. Das mache ich alles umsonst! Das Bundesverdienstkreuz krieg ich dafür aber nicht. Manchmal ist die Menschheit richtig undankbar!

- Mehr Zeit mit meinem Ehepartner verbringen: Einen Ring mich zu knechten, ins Dunkle zu treiben und ewig zu binden, habe ich nicht und meine Hand weiß immer, wo sie mich findet.

- Mehr Zeit mit den Kindern verbringen: Ich verbringe vierundzwanzig Stunden am Tag mit einem Kind meine Zeit!

- Mehr sparen: Wer nichts hat, der kann auch nichts sparen.

- Beruflich vorankommen: Ich schleime mich gleich morgen bei der Hochschulleitung ein, dass ich in ein höheres Semester komme.

- Mehr Geld verdienen: Ich schreibe immerhin das Buch. Nur ob ich damit reich werde? Eher nicht, aber es ist ein Anfang.

Mit den üblichen Vorsätzen komme ich also nicht weiter. Ich bin perfekt also, hm gut. Ein guter Vorsatz fällt mir noch ein, ich sollte etwas mehr Selbstvertrauen haben.

Ich gehe dann mal ein paar Hühner aufreißen in der Disco…

„Reize"

Heute hatte ich einen Bezugspflegetermin mit meinen Bezugspfleger. Einmal die Woche führt man so ein Gespräch. Wir sprachen heute über Reize, beziehungsweise Reizüberflutung.

Wir redeten darüber, wie reizüberflutet ich denn wäre und ob ich auf jeden reagieren würde. Würde ich hinschauen, wenn eine Blondine strippt oder Herr R. Er fragte mich, ob ich denn auf Reize reagiere, also was wäre, wenn Herr R. strippen würde - Maße 150 – 120 - 150 oder eine zwanzigjährige Blondine, wo ich dann hinschauen würde? Ich habe einen bösen Verdacht, den ich aber nicht näher erläutern mag. Ich aber habe natürlich die Blondine gesagt, wer weiß, welchen Hintergrund die Frage hatte. Ich habe ja nichts gegen Strippen, aber nicht das Herr R. dazu überredet wird oder es gar von selbst tut. Schnell mache ich klar, dass ich Frauen bevorzuge, man weiß ja nie. Ich bin oft einer Reizüberflutung ausgesetzt, wenn ich zum Beispiel ein Musikvideo von Lady Gaga sehen muss. Ich muss mehrere Reize gleichzeitig unterdrücken:

-      *Mir die Augen auszustechen.*

- *Mein Essen nicht wieder herzugeben.*
- *Flüssiges Blei in meine Ohren zu gießen.*

Es ist mir bis heute ein Rätsel geblieben, warum diese Frau so erfolgreich ist. Aber gut, Alkoholismus, Drogenmissbrauch und Fettsucht sind auch *erfolgreich*, vielleicht hängt die Lösung für die Frage, warum Lady Gaga so erfolgreich ist, damit zusammen.

Ich habe ihm von diesem Tagebuch erzählt. Deshalb muss ich ihn jetzt leider töten. Ich muss es allerdings wie einen Unfall aussehen lassen. Ich könnte Schweineblut aus seinen Ohren fließen lassen und Lady Gaga am Tatort abspielen, die Idee klingt gut. Aber dann müsste ich mich selbst der CD aussetzten, ich glaube, ich lasse ihn lieber am Leben. Einen Pferdekopf im Bett oder dergleichen reicht, nur wo in der Klinik krieg ich ein Pferd her? Ein Patient, der sich für ein Pferd hält, ist sicher irgendwo, aber das ist nicht das Gleiche. So schaue ich ihn eben nur einmal grimmig an.

„Darth Vader und Jürgen T."

Irgendwie ist eine Mitpatientin echt schlecht gelaunt. In einem Film hätte mindestens *Spiel mir das Lied vom Tod* oder aber die Musik, wenn Darth Vader den Raum betritt, als Hintergrundmusik laufen müssen. Für Uneingeweihte des Star Wars Universums – heißt, alle Leute ohne Sinn für das Gute, Wahre und Schöne, für Kunst und Kultur allgemein - alle Menschen mit einem moralischen

Empfinden - wirkte sie entweder wie die Mutter oder zumindest die gemeine große Schwester, die den kleinen Darth damals so böse gemacht hat.

Um meinen Ruf als gebildeter Mensch zu bewahren und nicht wie Homer J. Simpson, der aus dem Kino geht und überrascht verlauten lässt: „Was, Darth Vader war Lukes Vater?", löse ich auf, dass ich natürlich weiß, dass Darth Vader nicht immer Darth Vader hieß, sondern als Jürgen Trittin auf einem fernen Wüstenplanet aufwuchs. Der Wüstenplanet war nämlich früher ein blühender grüner Planet mit einigen kleinen Umweltproblemen. Das Übliche halt, wenn er von höher entwickelten Lebewesen - also Schnitzel beispielsweise - bewohnt wird. So entschloss sich der kleine Jürgen, eine Partei zu gründen, um die Umweltkatastrophe zu stoppen. Am Ende waren alle Bemühungen seiner Partei umsonst; beziehungsweise vielmehr auf andere Art erfolgreich als beabsichtigt. Der Planet wurde das üble Drecksloch, wie man es aus dem Buch oder wenigstens Film kennen sollte und Ruhrpott genannt wird, äh Tatooine. So wurde aus Jürgen Darth. Aus den Grünen wurde das Imperium und unterwirft seither unzählige Völker und Rassen mit unsinnigen Müll- und Ökogesetzen. Wenn einem die Rebellion im echten Stars Wars Film nicht sympathisch war, dann wird sie es spätestens in der von mir zusammengeschusterten Alternativen Fantasiewelt.

Nun, meine neu gewonnenen Kenntnisse beschloss ich auf Papier zu bannen, während wir still dasaßen und unsere Pläne schrieben, und zeichnete mit Kulistrichen ein Portrait. Ich habe meiner Sitznachbarin stolz mein Bild gezeigt, welches ich von der schlechtgelaunten

Mitpatientin gemalt habe. Ich habe: „Hätte das mein fünfjähriger Sohn gemalt, hätte ich ihn gelobt", einfach mal als Kompliment genommen. Ich meine, wenn ich schon ein Gott an der Feder und der Taste bin, muss ich nicht alles perfekt beherrschen, oder?

Aber da ich meinem Wahnsinn weiter freien Lauf lassen wollte, beschloss ich, in den Wochenplan unsinnige Termine einzutragen und zu sehen, ob denn die Therapeuten was bemerkten. Am nächsten Dienstag würde ich versuchen, die Weltherrschaft an mich zu reißen. Am Mittwoch schließlich, wollte ich eine Herde wilder Lamas in den Anden zähmen. Am Donnerstag würde eine Generalmobilmachung meiner Truppen für den Afrika Feldzug erfolgen und am Freitag, würde ich als Therapeut arbeiten. Mal sehen, ob sie es mir unterschreiben, ich bin ja gespannt, denn sie schauen oft gar nicht wirklich hin. Stolz verkündete ich den Plan einer Mitpatientin, immerhin hätte ich dann, wenn ich vor dem UN-Tribunal stehe, eine Unterschrift, also die Erlaubnis.

„Die Unterschrift einer psychiatrischen Klinik", meinte sie trocken. Hm gut, das stärkt jetzt meine moralische Position nicht gerade, das stimmt, deswegen muss ich mir leider was anderes einfallen lassen.

In der Ergotherapie würde ich einen Spiegel fertigen, also den Rahmen machen und den Spiegel einfügen und den Rahmen gestalten. Ich bin mir noch nicht sicher, ob ich Mutmachende Sprüche oder eine Krone oben darauf setzen soll, kann ich mir ja noch überlegen.

Ich habe einen neuen Zimmernachbar bekommen. Er liest, was schon mal gut ist.

„Er ist naiv, lass ihn bitte am Leben", bat mich eine Freundin oder genauer gesagt, meine Muße. Mit dieser ich Kontakt aufgenommen hatte, indem wir uns an den Händen hielten, ihren Namen riefen und den Raum abdunkelten. Als das nicht funktionierte, habe ich eben Skype angestellt und so erreichte ich sie.

Ich hatte eine Haarschneidemaschine mitgenommen und offenbarte ihm grinsend, dass alle Neuen die Haare abgeschoren bekommen. Er hat es mir tatsächlich geglaubt, wunderbar. Aber ich habe beschlossen, ihn am Leben zu lassen, nicht nur, weil ich im Grunde tief in mir ein netter Mensch bin, sondern auch weil er größer und etwas muskulöser ist als ich und ich sonst meine Muße verärgern könnte. Er hat aber keinen Laptop dabei, das hat ihn zivilisatorisch schon mal in Minus gerückt. Immerhin hat er zu Hause einen Tower PC, also scheint er doch irgendwie in Ordnung. Nun ja, nachher wird es Essen geben, mal sehen, wie viele Tode er das erste Mal stirbt, aber wir sind sowieso wie Katzen.

Wenn ich gerade über Katzen und Unsterblichkeit denken muss, muss ich wieder an die Frage denken, ob Vampirkatzen Kannibalen sind? Haben Vampirkatzen unendliches Leben oder sieben Leben oder gar sieben unendliche Leben? Ich werde es wohl nie herausfinden, weil, wo soll ich bitte eine Vampirkatze auftreiben? Die Vampirfamilie von Edward aus Twilight, die Cullens wohnen in den Vereinigten Staaten und mir ist es das Geld gar nicht wert, das herauszufinden. Es sind halt die großen Fragen der Menschheit, die für immer ungelöst bleiben. Warum sind wir hier? Woher kommen wir? Wohin gehen wir? Haben Vampirkatzen sieben Leben, sind sie unsterblich oder haben sie sieben unendliche Leben? Das werden wir auf der Erde wohl nie herausfinden. Was mich aber dann auch zu der Frage führt, wenn die Vampire so alt sind, dann müssten sie doch in Europa wohnen, nicht in Amerika, außer sie waren eine verfolgte religiöse Gruppe und sind in die Staaten ausgewandert. Warum sind die Vampire dann nicht als Kirche oder Glaubensgemeinschaft anerkannt?

Welchem Glauben gehört mein Zimmernachbar an? Er ist immerhin schon mal kein Schwabe, sondern irgendwas arabisches, das macht ihn immerhin mal halbwegs sympathisch. Er hat kein Klappmesser, keinen Koran, trägt keinen langen, von unzähligen Flohimperien bewohnten Bart, oder diese langen Gewänder, also wird er wohl evangelisch sein. *Gott sei Dank.*

„Ich bin dann mal Alderan zerstören"

Ich bin also Darth Vader. Was erst mal wie die Bekenntnisse eines Nerds klingen, der gerade ein Rollenspiel spielt oder gar wie die Worte eines Geisteskranken, ist in meinem Falle weder das eine, noch das andere - auch wenn es sich seltsam anhört. Wie kam es dazu, dass ich Darth Vader bin?

Wenn aus Spaß ernst wird, sozusagen. Mit Mitpatienten entstand die Idee, dass wir uns doch Tarnnamen geben wollten. Etwas was alle kennen? Harry Potter? Urteil der Mitpatienten: „Homo, Die

Scheibenwelt." - „Was ist das?", „Herr der Ringe - Noch nie gehört."

Über eins und zwei lässt sich ja noch diskutieren, aber wer kennt Herr der Ringe nicht? Nun ja, wie dem auch sei, wir entschieden uns für Stars Wars, das immerhin kennt jeder.

So wurde aus mir Darth Vader, was ich mit großer Konsequenz betrieb. Warum ich Darth Vader nahm? Ein Statist wollte ich nicht sein. Luke fiel schon mal aus, der hat seine Schwester geküsst, der Imperator viel zu alt, Yoda besaß keinen Duden und Obi Wan ist tot. Die beiden Androiden fielen auch aus und genug Haare, um den Wooki spielen zu können, habe ich auch nicht. Also blieb ja nur Darth Vader.

Darth Vader war davon abgesehen total sympathisch. Statt herumzudiskutieren, beendet er die Diskussion mit der Macht und erwürgt die lästige Schmeißfliege, die es wagt, ihm zu widersprechen. Andere müssen dafür ihre Schergen bemühen, Darthi kann das selbst! Darth Vader, kann auch verdammt gut Pokerspielen, der hat ein Pokerface, da wäre James Bond in Casino Royale richtig neidisch geworden. Außerdem kann er bei drohender Niederlage dem Gegenüber die Luft abdrücken, ohne seinen Sauerstoff ist er wehrlos! Das Wichtigste aber, er hat einen Todesstern, mit dem er nutzlose Planeten in die Luft sprengen kann. Was haben diese Planeten je für ihn getan? Nichts, daher ist es völlig legitim sie in die Luft zu sprengen. Leider hat er nicht den Planeten der Ewoks in die Luft gejagt, meiner Meinung nach, sind es die nutzlosesten Dinger in der ganzen Galaxis.

Mit dieser Meinung bin ich allein auf weiter Flur, aber gut, ist ja nichts Neues für mich. Wäre ja nicht das erste Mal, dass ich die Meinung einer kleinen Minderheit vertrete. Die übrigen Mitpatienten waren im Übrigen gesichtslose Sturmtruppen, also unwichtige Nebencharaktere. So ging ich ganz in der Rolle auf.

In der Morgenrunde bestand ich auf: „Nicht Herr K., sondern Herr Vader bitte", auf sämtlichen inoffiziellen Listen trugen wir uns mit unseren Star Wars Namen ein, ja sogar unser Zimmerschild wurde der Realität angepasst. So stand groß zu lesen: *Darth Vader* und *Obi Ben Kenobi*. Fand ich ehrlich gesagt, sehr lustig. Eine Mitpatientin hat mir sogar einen Star Wars Füller gekauft! Aber es war nicht nur Spaß. Es versteckte sich meinerseits sogar eine ernsthafte Absicht dahinter, denn mir war bewusst, dass ich nach der Klinik aus den Augen, aus dem Sinne wäre und diese Verrücktheit würde das aber vielleicht überdauern.

Immer wenn jemand aus der Gruppe Star Wars sieht - oder weil ich mich dadurch eingeprägt habe, kann er oder sie sich erinnern, da war jemand, der an sie geglaubt hat. Jemand, der ihnen Mut gemacht hat, sie nicht als Fehler im System gesehen hat. Wie sagte ich immer: „Denk daran, die drittmächtigste Person, neben Gott und Chuck Norris, also ich, hat es gesagt und dadurch kann es nur wahr sein!"

Daher möge die Macht mit dir sein!

„Irgendwas mache ich verdammt falsch"

Man kann den meisten Regisseuren von Buchverfilmungen immerhin unterstellen, dass sie die einseitige Zusammenfassung des Buches gelesen haben, aber bei dem Film *Twillight - Biss zum Morgengrauen* bezweifle ich es beinahe. Das Buch ist schon unterdurchschnittlich, aber der Film ist nicht nur ein *Bis zum Morgen Grauen,* sondern tatsächlich ein *Auf immer Grauen.* Man sehnt sich fast schon nach dem Alter, wenn die Demenz die Spuren des Filmes für immer auslöscht. In dem Film wurde so ziemlich alles falsch gemacht, was irgendwie nur falsch zu machen ging. Filmregisseure mit einem Funken Ehrgeiz hätten ja, wenn der Kameramann einen epileptischen Anfall hat, ihn die Szene wiederholen lassen.

Nicht dieser!

Vielleicht hielt er es ja für künstlerische Freiheit. Außerdem hat er die ganze Zeit übersehen, dass der komplette Film bläulich war. Lag wohl Blaufolie über der Linse. Ich hege zudem den Verdacht, wenn sie Kristin Stewarts Leiche mit Fäden von der Decke gelassen hätten, wäre da wohl mehr Leben, Charakter und Mimik durchgekommen. Teilweise lief sie in Gefahr, von ihrem Stuhl oder Bett an die Wand gespielt zu werden.

Irgendwie verstehe ich sowieso nicht, warum Edward so ein Drama um den Biss bei Bella macht, sie wirkt doch sowieso schon, als ob sie tot wäre. Die Mitschüler meinen zu Bella, wie sie so blass sein könnte, wo sie doch aus Arizona käme. Habe ich schon erwähnt, dass Bella so aussieht, als ob sie die letzten siebzehn Jahre im Leichenhaus gelebt hat? Aber den Mitschülern erscheint es auch nicht seltsam, dass da so ein Typ ein Auto mit der bloßen Hand aufhält.

Die Zeit vergeht rasend schnell, auf nichts mehr ist Verlass, nicht einmal auf Geschöpfe, die schon Jahrtausende alt sind. Die Cullens, also die Vampir Inzest Familie, wohnt in einem hochmodernen Haus und trinkt kein Menschenblut, nur Tier- Blut, also Vegetarier. Nein, das habe ich mir nicht ausgedacht, es war ein Filmzitat. Vermutlich trennen die Cullens ihren Müll, kaufen ihre Sachen in Dritte Weltläden und wählen die amerikanischen Grünen. Ergibt echt Sinn, dass Wesen, die Jahrhunderte alt sind, immer mit der Zeit gehen. Aber die Cullens sehen so aus, als wären sie direkt einem Modekatalog entsprungen. Wenn die Sonne scheint, geht diese Familie im Übrigen nie aus dem Haus. Wozu auch, die ganzen Rads und Quests in World of Warcraft sind viel interessanter und wer in der Gegend wohnt, kann sich eigentlich beinahe nur online beschäftigen.

Aber die Cullens besitzen auch eine Küche und was noch faszinierender ist, sie können sogar kochen, obwohl sie gar keine menschlichen Mahlzeiten verzehren. Vielleicht wollten sie auch einfach nur auf die neue Vegetarierwelle aufspringen und haben ausprobiert, ob man überlegene Moral wirklich in dreißig mal zwanzig Zentimeter Kochtöpfe pressen kann. Vermutlich sind sie ihrer Existenz auch müde, denn wie sollte man sonst erklären, dass Edward so locker damit umgeht, von Bella enttarnt zu werden, nachdem er ihr vorher gestanden hat, dass er Gedanken lesen kann? Aber vermutlich hat er auch mit Bellas abgrundtiefer Dummheit gerechnet. Nachdem sie gegoogelt hat, dass Edward ein Vampir ist, konfrontiert sie ihn damit, in einem einsamen Wald! Hey Edward, bist du ein Vampir, ein Wesen, das nur dazu da ist, um zu töten? In jedem anständigen Film hätte Edward Bella versucht zu töten, sie in eine Waldhütte gesperrt oder sonst was versucht, aber nein, er gibt es offen zu, geht damit erstaunlich locker um.

Da wird jahrhundertelang ein Geheimnis gehütet, ein geistig unterentwickeltes Teenagermädchen aus der Pampa findet es heraus und der Vampir, ja, dem ist es egal. Doch das war noch nicht der größte filmische Schwachsinn.

Edward glitzert. Nein, er verbrennt nicht, verglüht nicht, wie jeder anständige Vampir, er glitzert. Ich habe im Übrigen nicht die Parodie angesehen, sondern den Originalfilm, da glitzert der Vampir tatsächlich. Man möchte das Haus verlassen und sich Alkohol besorgen, so weh tut das. Aber weiter im Text.

Bella steht auf Edward, der - wie ich finde - so aussieht, als hätte er neben Bella gelegen. Siebzehn Jahre im Leichenhaus, nach einem langen mit Heroin, Crack, Meph und Crystal ausgefüllten Leben in der Gosse. Also wenn dieser Typ ihr gesteht, dass er schon nächtelang an ihrem Bett sitzt und sie beobachtet, ist das romantisch, aber hätte ich das gemacht, dann hätte sie mich angezeigt, wegen Hausfriedensbruch, sexueller Belästigung und was sonst noch so üblich ist ... keine Ahnung ... ich beobachte Frauen für gewöhnlich nicht, während sie schlafen. Während sie wach sind und sich umziehen, ist das viel interessanter.

Was bleibt also zu sagen? Man kann den Film *Twillight* als Intelligenzmesser bei Frauen benutzen. Wer ihn nicht gut findet, ist nicht so leicht zu manipulieren, daher klug. Und wer ihn gut findet, na ja, ich erspare mir die Details. Ich hoffe verzweifelt, dass es ähnlichen Mist nicht für Männer gibt. Mir bleibt eigentlich nur übrig, dafür zu allen mir bekannten Göttern, also auch den Klingonischen, Romulanischen und sonstigen außerirdischen Gottheiten zu beten. Aber ich fürchte fast, es gibt sie ... ich bin mir sogar fast sicher.

„Putin für die Elefanten"

Reisende soll man nicht aufhalten, sagt ein altes Sprichwort. Zwei Reisende sollte man zumindest in Frankreich nicht aufhalten, es ist besser so. Was soll man mit Staatsbürgern, die mal eben die Staatsbürgerschaft wechseln, wenn ihnen was nicht passt? Wie man möglichst effektiv seinen Ruf selbst morden kann, zeigt Gérard Depardieu.

Manche Menschen müssen dafür erst unerträgliche Filme produzieren und Millionen in den Wind blasen, sich von der Praktikantin als Präsident auf der Flöte spielen lassen, andere wie Gerard, müssen sich dafür nur in die Arme eines *lupenreinen Demokraten* werfen. Was mag in dem Kopfe eines solchen Mannes vorgehen? Das Präsident Hollande bei den Reichen Frankreichs ungefähr auf der Beliebtheitsskala bei Fußpilz steht, ist verständlich, immerhin will der sie ja fleißig melken. Man könnte ja vier Jahre schlucken und dann versuchen den Mann wieder abzuwählen, aber dafür bräuchte man wohl demokratische Reife, die ein Mann, der in ein despotisch regiertes Land flieht, offensichtlich nicht hat. Wenn man solche Leute sieht, werden einem die Kommunisten fast wieder sympathisch.

Putin, dieser *lupenreine Demokrat* reibt sich die Hände. Sein Land rottet zwar vor sich hin und nötige Strukturreformen sowie Modernisierungen fallen aus, aber der Mann steckt eben in einer Art Zeitschleife. Der *Kalte Krieg* ist für ihn immer noch irgendwie lebendig, noch immer befinden sich russische Spione in diesem Land. Erst neulich ist ein russisches Agentenpaar aufgeflogen, das hier über zwanzig Jahre gelebt hat und sogar eine Tochter hatte, die von der Identität ihrer Eltern nichts gewusst hat. In Landau hatten die beiden sich eine bürgerliche Existenz aufgebaut und seither spioniert. Da freut er sich über so einem berühmten Star.

Russland ist ein sehr geheimnisvolles, geschichtsträchtiges Land - ohne Frage und mich macht es ehrlich gesagt etwas traurig, wie ein Volk, das so viele kluge Wissenschaftler, Künstler und Schachweltmeister hervorgebracht hat, unter seinen Möglichkeiten bleibt. Aber das passiert nun mal, wenn der Führer in einer Zeitschleife steckt. Hoffen wir, dass das Band in Putins Kopf nicht noch weiter zurückgespult wird und er irgendwann den japanischen Präsidenten mit *Eure Kaiserliche Majestät* anspricht oder Merkel mit erhobenen Arm grüßt.

Aber auch eine andere Französin macht sich gerade viele neue Freunde. Brigitte Bardot, die auf den ersten Blick, wie ein Schlachtschiff der französischen Marine wirkt, erst dann als alte Schauspielerin.

Wenn zwei erkrankte Elefanten, die ganz nebenbei den ganzen Zoo infizieren könnten, eingeschläfert werden, dann geht sie. Wenn ich Präsident Hollande wäre, würde ich sie persönlich zum Hafen fahren, auf dass sie davon segeln oder davon dampfen kann, wie sie sich auch immer auf dem Wasser fortbewegt. Aber ich bin nicht Präsident Hollande, was vielleicht auch besser ist. Wenn nicht für Frankreich, dann für mich. Frankreich hat seinen Hollande, Deutschland hat mich, jedem das, was er verdient, täte ich sagen - ist jetzt nur die Frage, wer ist besser oder schlechter dran.

„Ich bin mal Guttenbergen"

Habe mir alternative Buchtitel überlegt:

   Männer sind vom Mars, Frauen von der Venus, also muss ich vom Merkur sein.
   Ein Tagebuch zeigt auf, warum der Autor vom Merkur stammen muss.

   P.s. Ich liebe mich oder E-Mail für mich
   Tagebucheinträge,   E-Mails,   Briefe   und Selbstgespräche eines Narzissten mit sich selbst.
   Matthias schreibt in ein Worddokument regelmäßig Tagebucheinträge, die er dann am nächsten Tag liest. Vermutlich das beste Buch, das je gedruckt wurde.

Bis zum Ende der Nacht und sechs weitere Monate

Matthias ist neu in der Lindenhöhe, in seinem Tagebuch geht es um deutlich mehr, als die langweiligen Probleme eines langweiligen Teenagers. Vielmehr die verrückte Welt eines Mannes, der sich nicht gleich in die Nächstbeste verliebt. Außerdem wird er misstrauisch, wenn Wesen in seine Nachbarschaft ziehen, die blasse Haut haben und in der Sonne glitzern.

Interview mit einem Matthias

In einem Hotelzimmer: Ein Reporter interviewt Matthias über seine schon mit Sicherheit monatelange Existenz. Dieser berichtet ihm über die letzten sechs Monate seines Lebens, der Reporter hält dies schriftlich fest. Matthias will es als Buch herausbringen, aber der Reporter verlässt das Hotelzimmer. Schließlich, mitten in der Fahrt, packt Matthias von hinten den Reporter und zwingt ihn, das Buch herauszubringen, er beißt ihn zwar nicht, aber dennoch ist der Reporter ihm hörig.

Matthias Werk und Teufels Beitrag

Matthias schreibt seine letzten sechs Monate nieder, er soll einmal ein Waisenhaus als Sozialarbeiter leiten, denn Medizin hat er leider nicht studiert. Am Ende bricht das Tagebuch ab, ohne jetzt klarzumachen, ob er zu dem Waisenhaus zurückkehrt, wo er nicht aufwuchs.

Matthias will Me(h)r

Matthias will nicht ans Meer fahren, aber dennoch ist er zu einer längeren Reise aufgebrochen, einer zu sich selbst, er will halt mehr aus seinem Leben machen.

Matthias, der Außerklinische

Durch ein Unglück ist Matthias auf dem fremden Planet Lindenhöhe gelandet. Sein größtes Ziel ist es, nach Hause zu telefonieren, wo er eigentlich wirklich herkommt. Er schreibt seine Erlebnisse auf dem fremden Planeten in Form eines Tagebuchs nieder. Auch aus seiner Heimat schreibt er Dinge nieder.

Ich weiß, was ich letzten Winter getan habe

Immerhin steht das im Tagebuch, von meinen guten Geschmack, meinen Nerven und meiner Selbstachtung ist niemand gestorben und die sind dann auch nach und nach wiedergekommen.

Matthias allein in Freiburg

Der fünfundzwanzigjährige Matthias ist völlig allein in Freiburg ohne seine Eltern, ob das gut gehen kann?

Seine verrückten Erlebnisse und Gedanken, nun in Tagebuchform!

20.000 Meilen unter der Normalität

Mit einem U-Boot - Tagebuch fahren wir 20.000 Meilen unter der Normalität, eben in meinen Gedanken, Erinnerungen und Erlebnissen umher.

Per Anhalter durch meine wirren Gedanken
Braucht es in der Tat einen Reiseführer? Das Tagebuch führt sie ziemlich sicher durch meine Gedanken, und Emotionen.

„Von fliegenden Schiffen und Degen"

Die VA, so erklärte man uns in der Morgenrunde, wäre nicht als Strafe gedacht. Ich habe überlegt, ob ich sagen möchte, dass sie ein Mittel der herrschenden Pflegerklasse sind, um die Patientenklasse niederzuhalten. Habe es dann aber doch gelassen, da ich weder auf die geschlossene Abteilung im Haus, noch mich als Leser des Kommunistischen Manifestes outen möchte.

Wir haben viele Neue bekommen, das wird langsam unheimlich. Manchmal würde ich gerne die Zeit anhalten und aussteigen, aber das kann nur Chuck Norris, glaube ich. Mir wurde erklärt, Menschen wie ich seien wie Adler, aber sie müssten eben auch lernen, wie Tauben zu sein. Mein Einwand, dass ich den Tauben dann doch einfach auf den Kopf kacken könnte, so als Adler, wurde beiseite gewischt, tzc. Was für eine Taube. Niveau sieht eben nur von unten aus wie Arroganz.

Gestern Abend haben Mitpatienten von mir einen Film angesehen: *Die drei Musketiere*. Meine einzige Erklärung für den Film ist, das die Macher Hassgefühle gegenüber Alexander Dumont hegten. *Barbie und die drei Musketiere* war nicht halb so schrecklich. Wenn man

Alexander Dumonts Leiche während des Films an einen Stromgenerator anschließen würde, könnte man eine ganze Stadt mit der Energie beleuchten, die er erzeugt, während er sich im Grab dreht.

Die Musketiere und Lady de Winter, waren dermaßen schrecklich und unrealistisch stark, dass es einfach nur noch peinlich war, man konnte sich schon nicht einmal mehr fremdschämen. In Computerspielen nennt man das Overskillt oder Godmodus, aber nicht nur das, die Gegner waren auch derart lächerlich und stümperhaft, sodass man sich fragen muss, wenn das die Elitekämpfer Frankreich sind, wie kämpfen dann erst die gemeinen Fußsoldaten? Vermutlich stirbt die Hälfte der Fußsoldaten schon vor den Schlachten, wenn sie ihre Säbel herausholen und dann wahre Massaker unter sich selbst anrichten. Die Musketiere wüteten unter den Feinden, als wären sie Overskillt und im Godmodus während die Schwierigkeitsstufe auf sehr leicht gestellt wurde und der Computer KI auf blutiger Anfänger. Aber auch die Luftschiffe und die ganze Geschichte. Unglaublich! Sollte ich je einen Roman verfassen, verbiete ich jede filmische Produktion. Das schwor ich mir nach diesem Streifen!

Immerhin hat Christoph Walz mitgespielt, ja mag ja sein, aber auch ein guter Schauspieler rettet nicht einen schlechten Film und die übrigen Schauspieler waren auch unterirdisch - gerade noch so akzeptabel. Hätte ich Geld für den Film bezahlt, hätte ich mich kräftig aufgeregt, so bleibt dem Film immerhin eine Wertung von 0,95 Sucker Punch erspart und er bekommt eine 0,8 Sucker Punch. Ich werde wieder aggressiv, wenn ich an Sucker Punch denken muss. Was bleibt also über die neuen drei Musketiere zu sagen? Man kann nur die Hoffnung ausdrücken, dass keine Fortsetzung gedreht wird, weil die wird ja erfahrungsgemäß immer noch überspitzter. Gut, wie man das schaffen will, ist mir zwar ein Rätsel, aber in der Filmwelt ist alles möglich.

„Ich sehe zwar keine tote Menschen, aber seltsame Dinge"

Heute war wieder einmal dieser Tage, wo alles irgendwie seltsam war. Jasmina betritt das Zimmer und *klirr* fällt der Bilderrahmen von der Wand. Wie von Geisterhand, vielleicht ist ja einer der Patienten am Klinikessen gestorben und spukt nun als Geist umher. Kann ich mir ehrlich gesagt gut vorstellen. Aber anderseits, Geister ? Ich glaube nicht an Geister, damit wäre ich in England in der Minderheit. In England glauben mehr Menschen an Geister als an Gott. Gut, in Tschechien soll es auch mehr Ufo-Gläubige als Christen geben. Aber dennoch beantworten diese Fakten nicht folgende Frage: Warum sollte er bitte in der Küche spuken und nicht bei mir? Ich mag es nicht, wenn Geister mich beobachten. Jasmina kam herein, um ein neues Buch von Malik zu holen. Er hat mit uns den Film *Glück* geschaut, irgendein Independent Streifen, von jemanden gedreht, den eigentlich niemand kennt - aber das muss ja keinen schlechten Film ergeben. Aber in diesem Fall kann es das.

Der Film enthielt folgende Dinge: Eine Vergewaltigung, eine Borderlinerin die sich Nadeln ins Knie rammt und eine Leiche, die mit einer Brotschneidemaschine zerschnitten wurde. Ergibt wirklich Sinn, auf einer Trauma- und Borderline-Station so einen Film mitzubringen. Aber gut, er wusste vorher nicht, was in dem Film vorkam, aber dennoch ... wirklich hart ...

Am nächsten Tag hat sie sich ein Buch ausgeliehen, ein Japanisches, es hieß: *Wilde Schafsjagd*. Es weckte, nennen wir es mal, wilde Spekulationen. Aber gut, vermutlich kennt ein Japaner Schafe nur aus Filmen und ahnt nicht, was mancher mit einem gewaltigen Kesseldruck noch so mit den Schafen anstellt, aber dennoch … wirklich hart…

Der Titel hat den ganzen Tag für Heiterkeit auf der Station gesorgt. *Schafsjagd* wäre ja noch halbwegs unverfänglich gewesen, aber *Wilde Schafsjagd* …

Vielleicht bin ich ein Stück weit wirklich versaut, aber *Wilde Schafsjagd*? Ich bitte euch, das lädt doch geradezu dazu ein…

Nach Recherche im Internet fand folgendes Gespräch statt:

Ich I: Hihi, wilde Schafsjagd, immer noch ein komischer Titel.

Ich II: Der Mann schafft Kultur, versucht eine Brücke zwischen Europa, Amerika und Japan zu sein.

Ich I: Aber wilde Schafsjagd...

Ich II: Er schreibt autobiographisch wie du, du Hirni, er müsste dir sehr sympathisch sein.

Ich I: W i l d e S c h a f s j a g d!

Ich II: Es geht um einen Detektivroman.

Ich I: Hemmungslos immer noch kichernd: Wilde Schafsjagd.

Ich II: Ach vergiss es einfach ... werde erwachsen.

„Ich bin aber kein Nerd"

Ich habe mich mit einer Freundin über ein Computerspiel unterhalten. Sie meinte, dass sie gestern Abend nicht weit gekommen wäre mit dem Spiel, weil die Gegner ihr immer wegliefen! Eine Unverschämtheit, wie sie fand! Immerhin hatten sich die Spielfiguren bei GTA überfahren zu lassen. Moralisch unterstützend gab ich ihr vollkommen recht, mich störte es auch, wenn die Gegner sich nicht mit Feuerbällen und Schwertern traktieren ließen und sich sogar wehrten. Manchmal besaßen sie sogar die Frechheit, sich via Magie oder Tränke zu heilen, sodass die ganze Klopperei wieder von vorne losgehen musste.

Nach dem Gespräch kam bei mir die Frage auf, ob wir beide Nerds wären. Ich schüttelte den Kopf bei der Frage, natürlich war ich kein Nerd, meinte ich innerlich protestierend und fast fiel die Pizzaschachtel vom Schoß. Sie fiel dann schließlich doch herunter und mein Blick ging in die Sonne, die richtig grell wirkte, hatte ich sie doch seit Tagen nicht gesehen ... also das Sonnenlicht.

Spaß beiseite, das mit der Pizzaschachtel und dem Sonnenlicht stimmt natürlich nicht. Die Pizza lag auf einem Teller.

Seit *The Bing Bang Theory* im Fernsehen läuft, bezeichnet sich praktisch jeder der weiß, wie man einen Computer anmacht, als Nerd, weil es plötzlich in ist. Mal sehen, wie lange dieser Trend hält. Ich würde mich als Nerd total verscheißert fühlen. Vermutlich werden nur noch echte Nerds Modenerds von Echten unterscheiden können. Für den Außenstehenden wird es wohl nicht erkennbar sein und wenn man sich dann Hilfe für seinen PC sucht, gerät man an einen Hochstapler! Der vermutlich noch deinen PC verschlimmbessert und alle möglichen Programme drauflädt, die vermutlich nicht mal Windows kompatibel sind, was natürlich erst am Schluss auffallen wird. Warum sollte es vorher schon auffallen, welch absurde Vorstellung!

Arme Nerds, für sie wird ein Stück Heimat verlorengehen, wenn sich nun praktisch jeder für einen hält.

Aber es kommt noch schlimmer für die Nerds. Plötzlich sind sie im Mittelpunkt des Interesses und jeder will mit ihnen befreundet sein. So braucht jede Frau neben einem schwulen Freund, auch einen Nerd im Freundeskreis, mit dem sie angeben kann. Der Kollege im Büro mit dem früher kein Mensch ein Wort gewechselt hat, wird plötzlich zum Mittelpunkt. Vielleicht sollte man bald eine neue Sendung drehen? *The Putzfrauen Theory*? Da gibt es eine WG von Putzfrauen, deren Leben wird gefilmt und ihr Leben wird total verfremdet und falsch dargestellt. Hauptsache es gefällt dem Fernsehzuschauer! Das Fernsehen ist ja nicht der Wahrheit verpflichtet. Gott sei Dank, wie sollte man sonst die vielen Sendezeiten füllen?

Mit kleinen Tricks gestalten sich die Macher das Leben leichter. So wird bei der Assi-Famile derselbe Schmutzfleck zehn Mal gefilmt, um das Bild einer verdreckten Wohnung zu kreieren, oder man sagt den Assis, bevor man filmt, was sie zu sagen haben. So ereilte die Nerds dasselbe Schicksal, das früher oder später jeder Randgruppe bevorsteht. Sie wird medial ausgeschlachtet! Aber zum Trost: Die Klischeenerds gibt es so oder so kaum noch. Also Brille, unerfahren im Umgang mit Menschen, Pickel und blass wie ein Vampir. Mittlerweile gibt es auch genug Frauen unter ihnen und durchaus hübsche, aber so ist das mit Klischees, sie haben oft einen Funken Wahrheit in sich, aber mehr auch nicht.

„Fortuna anlächeln"

Die letzten Tage sind für mich angebrochen. Ob irgendein Zusammenhang zwischen der guten Laune der Therapeuten und Pflegern besteht, weiß ich nicht. So saß ich wieder in der Ergotherapie und diesmal kreiste das Gespräch darum, was wir nach der Klinik vorhaben. Für mich stand die Frage natürlich schon fest. Weiter studieren, die Welt in den Wahnsinn treiben - oder wenigstens mein Umfeld - und mein altes Leben wieder aufnehmen. Ich habe, von der Tatsache abgesehen, dass ich etwas viel Spezi und Schnitzel konsumiere, kein wirkliches Laster. Gut, man könnte jetzt fragen, warum ich, wenn ich weder viel trinke, rauche, noch mich durch die Betten schlafe, lange leben wolle.

Ich würde darauf antworten: „Weil ich einen Plan habe im Leben, ich weiß, was ich will."

Andere wussten es nicht so genau, was sie nach der Klinik machten, viele vage Zukunftsvisionen. Einer war sogar ohne Wohnung und er fürchtete, dass er im Männerwohnheim enden würde. Ich wusste gar nicht, was er hat: Ein ehemaliger Männerwohnheim Bewohner hat es immerhin zum Reichskanzler und Reichspräsident geschafft und das sogar gleichzeitig. Außerdem hat er für wenige Monate halb Europa beherrscht. Ist also nicht das Ende der Fahnenstange. Frage mich, wieso ihn das nicht tröstet? Meiner Ansicht nach hat man erst verloren, wenn man nicht mehr kämpft. Und natürlich wird er wieder eine Wohnung finden, ohne Frage. Man merkt erst, was man alles hat, wenn man sieht, wie wenig andere haben. Vermutlich sollten wir viel dankbarer sein für das, was wir haben, als undankbar für das, was wir nicht haben. Ich habe mich schon manches Mal gefragt, warum der einen Sportwagen hat und ich nicht. Ich könnte jetzt argumentieren, ich benötige keinen Schwanzersatz, aber an der Tatsache, dass er sich das leisten kann und ich nicht, ändert sich dennoch nichts, wenn ich mir diese Frage stelle. Vielleicht sollte ich einfach dankbar sein, dass ich keinen Sportwagen brauche, um mein Ego aufzupumpen.

Nächste Woche würde ich also wieder den süßen Hauch der Freiheit spüren. Ich hatte nicht vor, daran zu scheitern. Ich werde einige hier in der Klinik vermissen, das ist mir bewusst, aber das Lebensrad dreht sich weiter.

Fortuna dreht sich weiter, sie lächelt und sie lacht über dich. *Freud und Leid sind ein Rad*, sagt eine Hinduweisheit und sie hat vermutlich recht.

Heute hatte ich also wieder einmal Ergotherapie:

Mein Werkstück nimmt immer mehr Formen an, ich würde es also noch schaffen, bevor mein Klinikaufenthalt endete. Ich würde aber auch in Freiheit mit Speckstein arbeiten, das habe ich mir vorgenommen. Speckstein lässt einem alle Freiheit, die man braucht, Korbflechten hatte zwar auch Spaß gemacht, aber nicht halb so viel wie Speckstein bearbeiten. Ich habe einen Würfel gefertigt und zwei Kugeln. Der Würfel steht für das Leben. Wir können uns entscheiden, alle Gefühle hinter uns zu lassen und damit nur eine Drei zu würfeln. Wir werden niemals die Einser und Zweier das Lebens werfen, also Leid und Bitternis, aber auch niemals die Vierer, Fünfer und Sechser, die das Leben für uns bereit hält und was es ganz erstaunlich und wunderbar macht. Wir haben eben nur das eine.

„Ja, es war besser, selber zu steuern und dabei in Scherben zu gehen, als immer von einem andern gefahren und gelenkt zu werden" - Hermann Hesse, Klein und Wagner

Wir Menschen sind zur Freiheit berufen und ich werde also in die Welt hinaustreten und Fortuna zurücklächeln. Wenn sie nicht lächelt, lächle ich eben solange, bis sie es tut.

Fortuna, ich lächle. Siehst du?

„Das Irrenhaus hat Ausgang"

War wohl der Gedanke der Verkäuferin in dem Allerleiwaren-Geschäft Teddy, als sie ein seltsames Schauspiel in ihrem Laden erblicken musste. Mit anderen Patienten war ich in Offenburg-Stadt. Vom Allerleiwaren-Geschäft Teddy war ich enttäuscht, so entschied ich, mir den Spaß zu gönnen. Jasmina filmte das Ganze. Ich beschloss, den Laden zu betreten, mich umzusehen und entsetzt auszurufen: „Was, hier gibt es gar keine Teddys, was ist das für ein Beschiss?!"

Das setzte ich in die Tat um. Es war herrlich, die Gesichter der Leute. Normalen Menschen wäre so was sicher peinlich, aber wie sagte schon *Butler Hatler* in dem Film *Der Wixxe*r: „Mit etwas mehr Selbstvertrauen können Sie die ganze Welten erobern!"

Ob das stimmt, weiß ich nicht, aber immerhin im Teddys hat es geklappt. Die Kinnlade der Verkäuferin klappte wirklich wie in Zeitlupe herunter.

In einem Einrichtungsgeschäft übernahm ich die Rolle des Energiegläubigen, wohlhabenden Lifestylisten.

„Sie besitzen keine Energiessteine? Dabei ist es doch wichtig, die Kraftquellen zu finden", gebe ich mich empört über diesen ignoranten Laden. „Sie besitzen auch keine Duftkerzen?" Fassungslos schaue ich die zunehmend hilfloser werdende Azubine an.

„Sie versprachen doch besseres Wohnen und wie sollte ich besser wohnen, wenn Sie nicht einmal die simpelsten Dinge besitzen?" *Sie hätten asiatische Schriftzeichen die Kunst und Kultur ausdrückten und Figuren diverser Götter aus dem asiatischen Raum* - gab sie stolz zu bedenken - die förderten das Chi. Empört verließ ich diesen Laden, der völlig ignorant ist für Mutter Erde und die Energie, die sie für uns bereithält.

Ich treffe eine Feng-Shui Beraterin und nach einem Gespräch wird mir manches bewusst.

Jeder darf sich Feng-Shui Berater nennen, sogar der Nachbarhund dürfte, wenn er sprechen könnte, sich so bezeichnen. Vermutlich rettet es manchen Esoteriker, der sonst arbeitslos wäre. Der Ärmste, er müsste es sonst vielleicht mit ehrlicher Arbeit versuchen.

Bei Licht betrachtet, ist die ganze Feng-Shui Sache Humbug. Zumindest das, was hier bei uns im Westen angeboten wird. Die Esoteriker hier verschweigen mal ganz dezent, dass das asiatische Feng- Shui hauptsächlich für die Ahnenverehrung wichtig war, erst danach für das Wohnen und Leben allgemein. Also: Selbst wenn es Chi gäbe, widerspricht es sich.

Laut Feng-Shui Regeln, dürfen Fenster und Tür nicht direkt gegenüberliegen und Gegenstände sollten im Wege stehen, um den Fluss aufzuhalten. Das Chi wäre, wenn überhaupt, immateriell und die Vorstellung es durch materielle Gegenstände aufhalten zu wollen, ist absurd.

Es wird aber noch absurder! Es wird empfohlen, die Ecken abzurunden, weil die Tische dem Chi schaden und ihn es einschneiden. Sogar die Yukka Palme sollte man abrunden... Aber am allerschlimmsten sind Elektrogeräte, Fernsehgeräte im speziellen. Vermutlich hat die der Feng-Shui Teufel erfunden. Auf jeden Fall haben sie ganz böse Energien. Auch wenn sie mit Solarkraft gespeist werden. Aber das mit Abstand absurdeste :

Die Toilette sollte sich nicht direkt gegenüber der Eingangstür befinden. Das gesamte gute Chi des Hauses fließt in die Toilette und wird heruntergespült. Dies ist ein Originalzitat aus einer Broschüre, die mir die freundliche Feng-Shui Beraterin in die Hand drückte.

Aber wir ziehen weiter, ich habe Blut geleckt. Schließlich fällt mein Blick noch auf einen Esoterikladen, das würde dort Spaß versprechen. Wir betreten ihn. Das Erste, was mir auffällt, ist: alles durcheinander. Engelssachen neben keltischen Symbolen. Direkt gegenüber etwas klar Hinduistisches und überall die Buddhas. Mein zweiter Blick fällt auf ein Diplom. Hypnose, bewusstseinsverändernde Reisen und andere Wunderdinge pries sie an. Auf meine Nachfrage erklärte sie stolz, sie hätte einen Abschluss an einer Universität dazu gemacht. Aus Höflichkeitsgründen wies ich nicht darauf hin, dass ich die Augsburger Puppenkiste nicht für eine Universität halte. Ich erkundigte mich, wo die den läge, woraufhin sie ausweichend antwortete. Also Scharlatan mit Diplom. Vielleicht sollte ich so was auch anbieten.

Ich habe Holzhammerlogie studiert und kann damit Menschen wunderbare Träume bescheren. Ich gewähre auch für fünfzig Euro die Möglichkeiten der Reise in andere Sphären. Wie viel kostet noch mal ein Gramm Haschisch?

Mein Blick fällt auf die vielen Bücher, viele Gedanken schießen mir beim Lesen durch den Kopf: Engel heilen Krebs, Energien aus dem All veränderten mein Leben, meine Seele reist ins Licht. *Logisch,* denke ich mir, *irgendwie muss man sich ja die Zeit bis zur Wiederkehr vertreiben.* Man kann nicht die ganzen Möbel für das Chi verrücken, Bäume umarmen und Lehrgänge an der Augsburger Puppenkiste besuchen.

Schließlich sehe ich einen Buddha aus Holz. Er verspricht Wohlstand und Glück. Ich habe sie gefragt, ob er denn ihr Wohlstand und Glück gebracht hätte. Sie meinte, es wirkte nur, wenn man ihn kauft. Sie hat ihn doch schließlich auch gekauft, hakte ich nach. Ja, aber nur beim Endkäufer bringe er Glück. Ergibt Sinn, dass ein fetter Kerl aus Holz Glück bringt und nur wenn man Endverkäufer ist, kluge Kerlchen diese Holzfiguren. Ich überlege mir, wenn ich mich selbst mit Holzfarbe anmale und etwas zunehme, ob ich mir selbst Glück bringen kann, aber ich vertreibe diesen Gedanken, bei den weiteren Erheiterungen, die mich in diesem Quacksalberladen erwarteten.

Den Vogel schießen die in Flaschen verpackten Engelsdüfte ab. Wenn man davon ausgeht, dass Engel immateriell sind, wie sollen die dann riechen? Hat jemand die Socken der Engeltennis-Mannschaft stibitzt und daraus den Duft gewonnen? Oder ist es schlicht großer Schwindel? Sebastian Brand ein Satiriker der Renaissance, hat einmal gesagt: *„Die Welt will betrogen sein, also soll sie betrogen sein."* Er hat dort seine Schüler gefunden. Nachdem wir über zehn Minuten Videomaterial gesammelt haben, verlassen wir die Stadt - wie die Vandalen einst Rom.

„Mann ohne Gedächtnis"

GMX gab Entwarnung, Mann ohne Gedächtnis kommt aus Stuttgart.

Gut, wenn ich Schwabe wäre, hätte ich auch versucht, dies zu verdrängen. Apropos Verdrängen, in Berlin tobt derzeit ein seltsamer Kulturkampf, man klagt über die Überfremdung. Man beschwert sich nicht über Leute, die Drogen dealen oder über Messerstecher oder gar Ehrenmorde. Man beschwert sich nur über die, in einem putzigen Dialekt sprechenden Spätzle verzehrenden Schwaben, die ja nun wirklich keine Bedrohung darstellen. Wem tun sie was? Ich denke, jede Stadt braucht Schwaben. Zugegeben sind sie oft unfreiwillig komisch, aber das nehmen sie mit viel Humor. Es gibt wirklich unangenehmere Zeitgenossen und das schreibt einer, der so badisch ist, dass er wenn er nicht nur rot, sondern auch gelb bluten würde.

Die Schwaben sind halt die Schwaben. Irgendwie muss man sie gern haben, zumindest geht es mir so.

Lasst die Schwaben, die nach Berlin gezogen sind - dabei sollten die Berliner froh sein, dass dort überhaupt Leute hinziehen wollen - eben ihre Kehrwoche machen, ihre Spätzle kochen, ihre Semmel backen, sparsam sein und in ihrem Dialekt sprechen, meine Güte, es gibt wirklich Schlimmeres. Manche Berliner tun ja so, als würden die Schwaben ihre Brunnen vergiften oder ihre Neugeborenen dem Teufel opfern. Sie sollten die Schwaben, sich selbst sein lassen. Die Berliner können nur davon profitieren. Ich würde ihnen sogar raten, dort Kameras aufzubauen in deren Wohngegenden, so entsteht ein neuer Comedy-Sender ohne großen Aufwand. Das wäre dann ein *Berlin Tag und Nacht*, was ich mir sogar ansehen würde. *Schwaben Tag und Nacht* sozusagen. Daher Viva la Schwaben!

Das ist doch viel besser, als irgendwelchen notorisch paarungswilligen Deutschen bei ihrer Ostkolonisation zuzusehen. Zumindest mich interessiert es nicht, wie sich irgendwelche Deutsche, die ich nicht kenne, in einem Land, was ich nicht kenne, Frauen suchen, die ich nicht kenne.

Oder Sendungen, bei denen sich ein Mann zwischen fünfzehn Frauen entscheiden muss. Genommen wird sowieso die mit den größten Titten oder dem knackigsten Arsch, denn ein Mann der bei so was mitmacht, wird gewiss nicht auf den Charakter schauen und die Frauen, die sich selbst so entwürdigen, haben mit Sicherheit weder Intelligenz, Selbstachtung oder innere Werte.

„Alex Rises"

Alex ist wieder da! Er besucht die Klinik wieder. Er ist ja entlassen worden und musste sich dem echten Leben stellen. Muss ich auch irgendwann, also in einer Woche. Das wird noch was werden. Gut, zuerst einmal werde ich mir natürlich ein Schnitzel machen, das weiß ich jetzt schon. Was wohl Alex als Erstes gemacht hatte, in Freiheit?

Vielleicht schafft es der für Freiburg zuständige Gouverneur, oder Statthalter, den Notstand auszurufen, wenn ich wiederkomme. Glaube allerdings nicht, dass man das für mich macht, ich bin eigentlich relativ harmlos.

Ich habe Alex gedankenlos gesagt, Nathalie geht es gut und ich schwöre, zehn Sekunden zuvor ist sie von einem Pfleger auf die Station C0 den Gang entlang gebracht worden, drei Meter von uns entfernt. Das nenne ich Fettnäpfchen. Ich erwische eben nicht nur jedes Fettnäpfchen, mehr noch, ich springe mit Anlauf hinein, nicht dass noch ein anderer in ihnen ausrutscht. Churchill hat gesagt, ein kluger Mann lässt euch anderen Menschen eine Chance Fehler zu begehen. Sollte ich mal behalten, für passende Gelegenheiten. Fettnäpfchen erwische ich mit einer Zuverlässigkeit, die fast schon Absicht vermuten ließen. Einem Außenstehenden kommt es oft so vor, als ob ich mit traumwandlerischer Sicherheit stets immer genau dahin trete, wo man nicht hintreten sollte.

Wenn wir mal auf einem Kreuzfahrtschiff sind und ich zum Beispiel dem Kapitän während der Eispassage vorschlage, ich könnte das Steuer übernehmen…

Außerdem - selbst ist der Mann - schließlich…

Am Freitag ist Spieleabend und von der Mannschaft von einst, die mich so schockierte, sind nur noch drei übrig und so ist das Flaschendrehen äußerst harmlos. Ja mehr noch, der Abend ist gesellig, eigentlich sogar total spießig. Vermutlich verwandelt die Klinik alle in Langweiler - früher oder später. Außer mich natürlich, ich bin so oder so erziehungsresistent, mich kriegt sie nicht klein oder langweilig. Ich bin immer ich selbst geblieben, denn mich selbst spielen, konnte ich bisher noch am besten, einen anderen spielen? Bloß nicht…

Ich wurde vor weiteren Enthüllungen bewahrt und mein Weltbild wurde nicht wieder in Trümmern gehauen, der Einzige der es kaputt machen darf, bin ich selbst!

„Wenn es kein Brot gibt, sollen sie halt Käfer essen"

Der letzte B-Promi ist aus dem Dschungelcamp ausgestiegen, tauchte in einer Nachrichtenzeile auf, ich fasse mal das Wissen meines Freundes zusammen: Die Mutter der Katzenberger - was das auch immer ist, Dagobert - der Kaufhaus Erpresser und ein alter Schauspieler oder so, keine Ahnung wer sonst noch da ist.

Die Handlung des Dschungelcamps in meinen Worten: Irgendwelche Abfall-Promis kämpfen im Dschungel um den Abfall der Stars und Sternchenwelt und essen dabei Abfall. Meine Lösung wäre ja, wir lassen den Promiabfall im Dschungel. Aber die machen dann sicher den Regenwald kaputt oder schleppen irgendwelche Geschlechtskrankheiten bei den armen Indios ein. Unsere Nachfahren werden sich dann irgendwann für das bittere Unrecht entschuldigen müssen, was ihre Vorfahren damals angerichtet haben.

Für einen Promi in Deutschland sieht die Erfolgsleiter so aus: 20:15 Uhr auf *Pro Sieben* ist das Höchste (A Promi), danach kommt *SAT 1* und dann, wenn man ganz unten ist, *RTL* (C und D Promi). Danach 21:45 oder 22:15 Uhr und dann nach unten, endet man als Spielshow oder Teleshop Verkäufer (F Promi). G Promis müssen dann barbusig Spieleshows moderieren. Dort rufen dann unterbelichtete Leute an, für die Audi eine Automarke mit B ist und die Probleme im Zahlenraum von Eins bis Einhundert haben, aber dennoch die zweihundert Euro des Senders haben wollen.

Beim Zappen bin ich schon das eine oder andere Mal auf diesen Sendern gelandet und dort rufen wirklich Leute an. Ob die alle echt sind oder nur gespielt, kann man nicht wissen, aber es scheint genug solcher Leute zu geben, sonst gäbe es diese Sendeformate nicht. Können ja nicht alle *Arte* schauen und in illustrer Runde mit den Namen berühmter Autoren und ihren Werken um sich werfen, ohne sie je wirklich gelesen zu haben. Es muss wohl oben und unten geben. Und irgendwann landet man, wenn es die eigene Begabung oder das Schicksal nicht gut mit einem meinen, ganz unten.

Ein trauriges Schicksal, oder? Was eigentlich viel über unsere Gesellschaft aussagt. Keiner liest Bildzeitung oder schaut solche Sendungen, aber dennoch sind sie Abend für Abend mit genug Quote versorgt. Wenn ich ehrlich bin, bedauere ich die Leute, die im Dschungelcamp mitmachen. Irgendwelche alkoholkranke, depressive oder sonst welche Wracks, die mal auf dem Höhepunkt des Ruhmes waren, wird viele Jahre später ein winziges Stück vom Ruhm oder Geld erneut angeboten, damit sie ihre oft hohen Schulden bezahlen können. Letztendlich schauen wir also Leuten zu, wie sie sich im Müll nach Essen balgen, das sollte uns klar sein. Die Moderne kennt keine Kolosse mehr, keine öffentlichen Hinrichtungen. Viel besser als die Zwerge, die im Mittelalter vor den

Hinrichtungen Scheinkämpfe durchführten, ist das aber auch nicht.

„Weltbilder und andere Katastrophen"

Beim Lesen meines Tagebuchs fällt mir auf, dass ich relativ oft auf Rot/Grün und die Politik zu sprechen komme und auf Rot/Grün gerne etwas einhacke. Als ich ein Kind war, habe ich den Medien fast alles geglaubt, was dort so stand. Mir kam gar nicht in den Sinn, dass es natürlich subjektiv war und Menschen sich irren können. Umweltzerstörung, Weltuntergang, Energieknappheit, Krankheiten, Seuchen, ich war als Jugendlicher und Kind Teil der weltbekannten *German Angst*. Es ist ja beinah ein Wunder, dass wir noch leben.

Für jemanden der alle Zeitungsmeldungen für wahr nimmt, muss das alles ein göttliches Wunder sein, so oft wie wir dem nahenden Untergang entkommen sind. Ich gestehe, ich habe darauf keine Lust mehr! Warum können wir nicht einfach mal die positiven Meldungen sehen? Aus dem Osten erhält man als Westdeutscher nur Horrormeldungen und Tatarennachrichten. Wenn man den Zeitungsmeldungen glaubt, herrschen in Ostdeutschland Zustände wie in Afrika oder der Sowjetunion. Alternativ kann man statt Kongo auch Osten sagen, der Effekt ist derselbe. Natürlich kann man nicht darüber berichten, dass ein Großkonzern in den Osten abgewandert ist und dort ein Werk mit achthundert

Arbeitern eröffnet hat, aber dafür gibt es dort Erfolge im Kleinen. Einige, aber die schaffen es eben nicht in die Medien.

Was hat das mit den Medien zu tun? Lediglich zwanzig Prozent der Journalisten gaben zu Protokoll, dass sie neutral von jeder Weltanschauung seien, sechzig Prozent, dass sie sich im Rot/Grünen Spektrum beheimatet fühlten. Dadurch sehen sie die Dinge natürlich durch ihre ideologische Brille und sie meinen es ja auch in der Regel nicht böse. Der Vorwurf der Lügenpresse ist ziemlich absurd, aber beim Schreiben schwingt manchmal unterschwellig und ohne Absicht die eigene Meinung mit und das spüren die Menschen. Dennoch ist ein Stück Ärger geblieben, über all die Ängste, die ich in der Jugend erlitten habe. Als ich erwachsener wurde, hat sich auch meine politische Ausrichtung verändert, als Kind war ich Sozialdemokrat. Es stimmt wohl das, wer nicht als jugendlicher Links gewesen ist, kein Herz hat. Ich glaube eher, dass ich als Kind dachte, ich wäre ein Sozialdemokrat beziehungsweise würde als Arbeiterkind der SPD nahe stehen.

Als Kind und Jugendlicher hatte ich wenig Chancen, die ganze Sache zu durchschauen. Ich konnte damals nicht wissen, dass beispielsweise die CDU von vielen nur aus ideologischen Gründen so schlecht gesehen wurde. Ich hatte auch kein sonderlich politisches Elternhaus. Natürlich wusste ich schon damals, dass wenn eine Million Menschen es für richtig halten, es immer noch nicht wahr sein muss. Ich bin klüger geworden und meinen eigenen Weg gegangen.

„Man muss seine Träume beschützen"

Ein sehr nachdenklicher Tag! Ich bin ungewöhnlich still und ruhig, spreche vermutlich nur noch genauso viel wie eine durchschnittliche Frau; also ungefähr dreimal so viel wie ein Durchschnittsmann. Fragen wie: „War es gut, dass ich geboren wurde?" „Warum bin ich hier, das Leben kann doch nicht nur aus: *Wir erlernen einen Beruf und werden dann alt und sterben,* bestehen." „Warum bin ich hier auf Erden?"

Gläubige Christen würden sagen: „Gott hat uns eine Bedienungsanleitung auf Erden zurückgelassen. Die Bibel."

Andere würden sagen: „Um Spaß zu haben."

Andere wiederum wissen darauf keine Antwort. Vielleicht zeigt sich der Sinn erst am Ende oder der Sinn war das Leben selbst. Eines weiß ich aber mit Sicherheit, man darf sich von Niemandem etwas einreden lassen! Das man etwas nicht kann, dass man nichts wert ist, das ist eine Lüge! So oft hat man mir Dinge eingeredet, die nicht wahr sind. Habe *ich* mir Dinge eingeredet, die nicht wahr sind. Vielleicht musste ich erst Menschen sehen, die noch mehr am Boden lagen, als ich.

Einen Menschen wie Malik, an den niemand mehr geglaubt hat, den seine Eltern völlig verformt haben oder Jasmina ... oder ... ach, ich könnte Stunden von ihren kaputten und zerstörten Leben erzählen, aber das tue ich nicht, warum auch? Wir haben die Kraft und den Mut aufzustehen. Ich hatte Menschen, die an mich glauben, die meinen Traum geteilt haben und ich werde für ihn kämpfen. Wenn einem die Scheiße bis zum Hals steht, sollte man eben nicht den Kopf stecken lassen.

Michaela hat mir zu Weihnachten etwas geschrieben, ich erlaube es mir zu zitieren:

Am PC sitzen und heulen und dann doch plötzlich schmunzeln, grinsen oder sogar herzhaft lachen müssen.

...mit Sicherheit sein Werk, stolpert er über, findet er und entspringen seinem Kopf des Öfteren die wunderlichsten, wunderbarsten und witzigsten Dinge.

Gewürzt mit einer deftigen Portion des rabenschwärzesten Humors, der mir je begegnet ist und mir mittlerweile so manchen Tag gerettet hat.

Und ihm selbst wahrscheinlich auch, findet er mit Sicherheit noch das versteckteste bisschen Humor selbst in den unmöglichsten Lebenslagen und Situationen, wo andere womöglich schon längst das Lachen aufgegeben hätten oder es ihnen vergangen wäre.

Er - bei dem es mich besonders freut, wenn sich Skype orange und blubbernd meldet und ankündigt, dass er da ist, mit Spannung was ihm nun schon wieder eingefallen ist oder welche Untaten er an diesem Tag wohl planen mag.

Die Weltherrschaft, ein Aufstand oder heute mal vielleicht nur ein Aufrütteln im Kleinen?

Zuzutrauen wär`s ihm ja ... jedes davon.

Das ist also mein Traum, also nicht nur die Weltherrschaft - um dann endlich Pflichtschnitzelessen, weltweite Salatpogrome durchzusetzen. Mein Traum ist es, dass ich Menschen zum Lachen bringen kann. Es ist ein schönes Gefühl, man sollte es einfach mal versuchen. Ein Lächeln tötet nicht, versprochen; vorausgesetzt das Gegenüber ist kein Pitbull oder Mitglied einer Mafiaorganisation!

Unter anderem deswegen schreibe ich. *Je mehr man teilt, desto mehr besitzen wir,* heißt ein bekannter Spruch und je mehr Hoffnung man teilt, desto mehr hat man selbst davon.

„Fischabfall"

Malik steht auf Sushi, warum auch nicht. Faszinierend, was man alles aus Fischabfall machen kann. Nachdem ich auch noch anmerkte, dass die Japaner auch seltsame Filme produzieren; und das tun sie ohne Frage, fragte er mich, ob ich eine leichte Abneigung gegen sie hätte. Die Wahrheit ist, eigentlich nicht wirklich, warum auch? Ein sehr höfliches und zurückhaltendes *Hast Probleme, Mann,* hört man dort nicht. Dort ist lediglich der Gangnam Style auf öffentlichen Plätzen teilweise verboten, aus welchem Grund auch immer. Ehrlich gesagt, weiß ich nicht sonderlich viel über Japan, außer dass es ganz besondere Menschen sein müssen. Noch in den Siebzigern fand man einzelne Soldaten auf einsamen Pazifikinseln, die ihre Insel immer noch verteidigten.

Eine Idee, auf die ein französischer oder italienischer Soldat niemals kommen würde. Französische Panzer haben ja laut einem Witz Rückspiegel, sodass die Franzosen auch mal die Front sehen könnten. Außerdem drei Rückwärtsgänge und einen Vorwärtsgang für Paraden.

Aus Japan schwappen immer wieder Dinge herüber nach Europa. Seien es Animes oder Mangas, es gibt einen Unterschied, aber ich bin ehrlich gesagt jetzt zu faul, ihn herauszufinden, und ich kann mit dieser Form der Ignoranz erstaunlich gut leben. Pokémon hat mich in meiner Jugend ziemlich beeinflusst! Ich glaubte zwar ich nicht, ich könnte Blitze schleudern, indem ich meinen Namen aufsage. Oder das, wenn ich eine Orange auf dem Boden werfe, bei *Los, Glumanda* tatsächlich eines herauskäme. Aber ich habe es viel auf dem Gameboy gespielt.

Gameboy, wo wir wieder bei Japan wären, auch etwas zutiefst Japanisches. Was haben wir damals gezockt, ach, bis uns die Finger glühten. Ich besaß einen Gameboy Klassik, also die Schwarzweiß-Version. Faszinierend, dass die Amerikaner mit einem Computer der so leistungsfähig wie ein Gameboy war, damals auf den Mond geflogen sind. Ich halte die Mondlandung im Übrigen für wahr, aus dem einfachen Grund: Wäre da nur irgendwas falsch, die Russen hätten es mit zweihundertprozentiger Sicherheit angekreidet! Wie daher Menschen darauf kommen, dass die Amerikaner nie auf dem Mond waren, ist mir ein großes Rätsel geblieben. Aber das haben Verschwörungstheorien an sich, dass sie nur in manchen Köpfen Sinn ergeben - was im Übrigen auch für viele Filme, Bücher und Lieder gilt. Japan ein Land das einen Reaktorunfall hinter sich hat, aber sich nicht unterkriegen lässt. Richtige Stehauf-Männchen, aber muss man auch sein, wenn man auf einer rohstoffarmen Insel wohnt. Da hat man eben nur die Möglichkeit, das Beste aus dem Schlechten zu machen und eben zum fünften Mal in der Woche Reis oder den Fischabfall namens Sushi zu essen. Japanische Arbeiter arbeiten so viel in einer Woche, wie Europäische in eineinhalb Wochen, was ihren Erfolg erklärt.

Man schönt sich die Realität in Mangas und Animes, die Frauen dort sind alle gertenschlank, haben riesige Brüste und große Augen, aber es ist bekanntlich niemand gezwungen, sich das anzusehen. Das japanische Fernsehen ist ebenso seltsam wie unseres. Auch jede Menge Spielshows, Quiz, Soaps und andere Hohligkeiten, aber das ist eben Japan. Japan war schon immer eigen und das ist gut so. Jedes Land sollte seinen eigenen Weg gehen und das tut Japan ohne Frage.

„Gehen Sie nicht über Los und ziehen sie keine 4000 Mark ein"

Ich bin also im Gefängnis gewesen. Nein, weder die GEZ noch alkoholische Getränke sind dafür verantwortlich, sondern meine Neugierde. *Was wohl dieser Alarm auf dem Knopf anrichtet? Den muss ich mal drücken*, ist damit nicht gemeint. Vielmehr ein Praktikum. Ja, ich möchte ein Praktikum im Gefängnis machen, in der

Gefängnispastoral. So sitze ich also im Gefängnis und lausche den Geschichten, die der Gefängnisseelsorger erzählt. Ich bin extra nach Freiburg gefahren, um zu lauschen, was die Arbeit als Gefängnisseelsorger mit sich bringen würde. Im Lauf des Gespräches wurde mir offenbart, dass ich einen Schlüssel bekäme.

Oh, wunderbar, dachte ich, *ich wollte schon immer mal schuld sein, an einem Gefängnisausbruch. Das fehlt mir noch im Lebenslauf.* Denn meine Hosentaschen haben Bewohner, die mir immer meine Schlüssel wegtragen, mit Vorliebe von der Jacke in die Jeans und von der Jeans in das Hemd im Wäschekorb. Vielleicht sollte ich mal ein Kopfgeld darauf ansetzen, wie damals im Wilden Westen, aber das Problem dabei ist, *Auf Tod oder Tod Poster,* reagiert in Deutschland keiner mehr. Davon abgesehen, dass ich gar nicht weiß, wie diese Lebewesen aussehen. Außerdem könnte es schwierig werden, wenn die sich in meiner Hosentasche verstecken und der Kopfgeldjäger sie stellt und dann schießt.

Ich lauschte weiter den Vorträgen des Pfarrreferenten. Er erzählte mir viele Geschichten, ich bin neugierig und gespannt, gebe ich zu. Wie ich allgemein gerne Geschichten höre, da ich mich in der Regel gut in sie hineinversetzen kann.

Eine normale Arbeit? Nee! Ich scheine so eine Art inneren Sensor zu haben, der vielleicht blockiert, dass ich normale Dinge tue, kein Mainstream eben. Es bleibt zu hoffen, dass mein Unterbewusstsein sich wenigstens bei Zebrastreifen und atmen nicht negativ einklinkt und mich blind der Herde folgen lässt.

Er erzählte weiter und offenbarte mir: „Wenn Sie sich bewerben, werden Sie durchleuchtet."

Springe auf und behaupte, dass du der wahre Mörder bist, flüstert mir eine Stimme in meinen Kopf zu, aber diplomatisch antworte ich: „Ich habe nicht mal Schulden bei der GEZ."

Gerettet, nichts Blödes, Dummes oder Unüberlegtes gesagt - könnte ich mal öfters probieren.

Aber das wäre dann wieder Mainstream…

„Traumreisen zur Macht"

Heute übernahm ich die Übungsgruppe und da es mein zweitletzter Tag war, hatte ich mir etwas ganz Besonderes ausgedacht. Statt der üblichen aus dem Internet abgeschriebenen Traumreise, wurde ich selbst kreativ, gut, ich hatte auch eine Vorlage, aber die war auch nicht ursprünglich für Traumreisen gedacht. So las ich für die Gruppenmitglieder, die Traumreise vor...

Es gibt die Macht, die Macht des Selbstvertrauens, sie umgibt uns, sie ist überall...

Der dunkle Herrscher Darth Tias, „Der große Niedermacher" herrschte über ein gewaltiges Imperium, das von einem Ende des Universums bis zum anderen reichte. Das ganze Universum? Nein, ein kleiner Planet Namens Lindenhöhe leistet erbitterten Widerstand. Das Imperium der Wertlosigkeit, hält all seine Bewohner nieder. Ihr wisst, dass es nicht wahr ist, ihr seid nicht wertlos, ihr seid etwas Besonderes, aber ihr wisst, euch fehlt noch etwas, um die Kunde in alle bekannten Galaxien zu tragen - vielleicht kommt dann auch irgendwer nach Buxtehude. Leider ist es dem Imperium gelungen, die Prinzessin, die für eure Selbstachtung steht, gefangen zu nehmen. Ihr ahnt, dass er mit ihr vorhat, was man eben mit Frauen vorhat...

Kartenspielen und Plaudern, aber vielleicht foltert er sie auch. Gerüchteweise hat er ein Raumschiff von der Erde abgefangen mit Peter-Maffay-CDs an Bord. Eigentlich wollte sie ja vor ihrer Gefangennahme noch einen Hilferuf per Telefon abgeben, aber leider war besetzt, so dauert es lange, bis ihr es bemerkt, aber schließlich entschied eine Gruppe, sich aufzumachen.

Ihr gehört den Yeti Rittern an und wurdet von den besten Meistern überhaupt ausgebildet.

Ihr habt lange trainiert, Meister Fuchs, Meister Dienst und Meisterin Seltz, haben euch lange vorbereitet. Meister Fuchs ist zwar nicht klein und grün und beherrscht die Regeln der Grammatik und ist auch nicht so alt, aber er kann einen genauso schnell auf die Matte schicken, weil er den schwarzen Gürtel hat. Ihr wisst, sie haben euch auf den wichtigsten Kampf in eurem Leben vorbereitet, viel wichtiger als der Endgegner in Tekken 4 oder den anderen Endgegner. Deine Mutter, nein, es ging um das Schicksal des Universums!

Ihr erinnert euch an euer Training, in der Rückenschule sind eure Rücken stark geworden. In „Aus dem Osten des Universums entsprungenen Bewegungen" seid ihr viel geduldiger und eure Nerven belastbarer geworden. In der Entspannungsgruppe habt ihr gelernt, dem Stress zu entfliehen. In der Bezugsgruppe habt ihr euch mit den anderen Yetis ausgetauscht. In der Ergotherapie habt ihr tödliche Waffen gefertigt und eure Fähigkeiten getestet und am Wichtigsten, eure Mentoren haben euch geschult. Einmal pro Woche habt ihr mit ihm geredet, zwei Mal pro Woche wurdet ihr alle unterrichtet, ihr habt Werkzeuge mitbekommen. Das große Buch, ich rede nicht von der Bibel, meinen Werken oder dem Ikea Katalog, nein von dem Buch, das ihr immer benutzt. Das Kamasutra ist damit im Übrigen auch nicht gemeint, sondern das DBT-Manual, es enthält viele Weisheit und viel Wissen, ihr wisst, dass ihr nun den Planeten Lindenhöhe verlassen könnt.

Ihr schaut euch am Flugplatz um, ihr werdet auf eine große Reise gehen. Der Blick fällt auf (Jazo Zwo) D2, der übt, Vergangenes loszulassen, und sich selbst annimmt, wie er ist. Alle sind froh, dass er dabei ist. Daneben ist gleich (Malik) Ben Kenobi, der ein unglaubliches Durchhaltevermögen „zu eigen haben wird", zu (And)bakka, der Wooki. Neben seinem Fell, das sich hervorragend als Bettvorleger eignet, versprüht er auch Fröhlichkeit und gute Laune, er trägt sein Leben mit der Tapferkeit von mindestens zwei Wookis, denn er zeigt dem Leben lieber die Zähne zum Lachen, als zum Anknurren. Leider kann er nicht sprechen, wie alle Wookis und der Google Übersetzer Wooki-Deutsch, ist kaputt, Bill Gates XXI, der Herrscher vom Planet Microsoft, hatte versprochen ihn zu beheben, aber sein Planet wird dauerhaft von Bugs belagert.

Der Blick geht weiter, auch der tapfere Han Jutta, der seine Angst überwinden wird und der Ewok - ein fröhlich plapperndes Etwas, das mit seiner Fröhlichkeit und seiner inneren Stärke alle ansteckt. Ihr seid nun gewappnet, wer soll euch aufhalten? Außer dem Todesstern, den Problemen eures Lebens, dem dunklen Darth Tias, der laut und wärmend euch aus der Lethargie reißen kann, der euch offenbart, was ihr nicht könnt und natürlich die Abermillionen Sturmtruppen des Imperiums, die Schwierigkeiten und Tücken des Alltags. Euer Raumschiff wurde vollgetankt mit Dingen, die euch Spaß machen, euren Hobbys, euren Fähigkeiten und Begabungen, ihr werdet dann noch mit Skillschwertern *ausgerüstet. Sie leuchten gelb bei den Achtsamkeitsskills, leuchten blau, wenn ihr „zwischenmenschliche Skills" anwendet, verfärben sich grün beim Umgang mit Gefühlen und werden dann orange bei Stresstoleranz Skills. Mit ihnen werdet ihr siegen, das wisst ihr.*

Ihr startet nun auf die Rettungsmission, ihr müsst in den Todesstern eindringen. Das Raumschiff startet im All und landet schließlich auf dem Eisplaneten, dort ist es sehr kalt, fast so kalt wie in Sibirien, nur dort gibt es keine Russen oder Kasachen, ist vielleicht auch besser so, man weiß es nicht, aber andererseits hätte der Wodka einen gewärmt. Auf dem Eisplaneten versteckt ihr euer Raumschiff, sodass der Todesstern euch nicht entdeckt, denn er ist groß und mächtig, fast so mächtig wie Darth Thias. Dort befindet sich aber ein Stützpunkt des Imperiums, den ihr mit euren Lichtschwertern aber ausräuchert, die Sturmtruppen haben keine Chance gegen eure überlegenen Waffen und das Training, welches ihr absolviert habt. Meister Fuchs wäre sicher stolz auf euch, was er euch auch in verständlicher Grammatik sagen würde, wenn er da wäre, aber er ist dabei, neue Schüler fit zu machen. Schließlich gelingt es euch, in den Todesstern einzudringen wo ihr wieder gegen Sturmtruppen kämpfen müsst. Ihr tötet die Prinzessin und rettet den Drachen, kann auch umgekehrt gewesen sein, weiß ich nicht mehr so genau, auf jeden Fall ist sie nun auch dabei und erhält ebenfalls ein Lichtschwert, bei Teddies - der keine Teddies verkauft - gab es zwei zum Preis von einem und so kämpft ihr euch durch eine Menge Sturmtruppen, Endgegner, Schlagersänger und Gegner. „Fairer Blick,

Emotionssurfing, Konzentration auf den Augenblick, innerer Helfer-Techniken" werden angewandt und dezimieren die Gegner.

Schließlich steht Darth Thias vor euch. Ihr bemerkt, wie unheimlich gutaussehend er ist.

„Ich bin euer Vater", begrüßt er euch, also sind die anderen eure Brüder und Schwestern. Ihr seid heilfroh, dass ihr euch an die Lindenhöhe- Regel gehalten habt, keine Beziehungen und so weiter, das hat euch vor einem inzestuösen Erlebnis bewahrt, ist also die Tatsache, dass die Brasilianerin, die manche von euch vor zwei Monaten abgeschleppt hat und am nächsten Morgen gestand, dass sie früher Raul hieß, dass einzige Ihh- Erlebnis ist und das soll so bleiben.

„Hätte ich doch nur ein Kondom genommen", wirft er eurer Gruppe an den Kopf, aber ihr wendet einfach den fairen Blick an, es verletzt euch nicht, warum auch? Er tut einige fiese Dinge, geistig vor allem, die Peter Maffay CD und euch eure vermeintliche Wertlosigkeit vorwerfen, sind noch die harmlosesten Dinge.

Schließlich nach langen Kampf, ist der Sieg euer, Darth Thias ins Exil nach Miami gezwungen und im ganzen Universum steigt eine große Fete. Am nächsten Morgen stellen manche wohl fest, dass sie nicht allein sind und jemand Ihnen ins Ohr flüstert: „Ich bin's wieder, Raul."

„Antreten zum Dienst"

Ich gebe es zu, ich mache manchmal auch schlechte Witze und über Namen lustig. Aber wenn ein Therapeut Herr Dienst heißt, bieten sich doch Witze praktisch an! Das ist, als wenn man einem Stürmer den Ball vor dem leeren Tor zupasst und man schreit: „Schieß nicht."

Der Dienst hat mit Sicherheit schon viele solcher Witze gehört, ich schwöre, ich habe mich über zwei Monate zurückgehalten, aber es musste getan werden. Ich habe den anderen Therapeuten im Vertrauen gefragt, warum Herr Dienst gemobbt wird und ob man ihn loswerden wolle. Müsse man ihn so offen diskriminieren oder warum darf er nicht mehr an den Süßigkeiten Automat? Dort stand nämlich: Gerät außer Dienst! Was wäre passiert, hätte er immer sein ganzes Gehalt in Süßigkeiten investiert, lieber sein Geld in Süßigkeiten Automaten gesteckt als in Glücksspielautomaten?

Heute in der letzten Runde habe ich, als die Stifte gestreikt haben, als Herr Dienst an die Tafel schreiben wollte, gefragt, ob sie denn außer Dienst wären. Herr Dienst fand das überhaupt nicht lustig, er zögerte einige Sekunden, um dann zu antworten: „Ich könnte auch böse Witze über ihren Namen machen, mir fiel dort einiges ein."

Herr Dienst ist kein Mensch, der sich großartig zu Emotionen hinreißen lässt. Er hat es mit derselben Tonlage gesagt, als wenn man sagt, dass heute schönes Wetter oder Berlin abgebrannt ist, also ziemlich gleichgültig. Ehrlich gesagt, würde mir persönlich da nichts einfallen, was man auf meinen Namen irgendwie

Witze-potential reißen könnte, ziemlich schwache Gegenwehr, aber ich wollte ja nur einen Scherz machen und keinen Machtkampf anstreben oder ihn richtig ärgern.

Der Zeitpunkt der Machtergreifung war noch nicht gekommen. Ich bin als Weltenherrscher gerade außer Dienst. So nehme ich noch diese Lektion mit und notiere sie fleißig, vielleicht würde es mir ja später etwas bringen oder gar nützen, das weiß man nie vorher.

Jeder Abschied ist schwer, aber er trägt auch einen Neuanfang in sich. Habe ich mal gehört. Ja, das stimmt, ich werde die Klinik verlassen, die ich dann doch mittlerweile liebgewonnen habe, auch wenn ich das am Anfang nie geglaubt hätte. Ich bin kein völlig anderer Mensch geworden, wieso denn auch, aber ich bin ein anderer. Vielleicht ein Besserer, ich weiß es nicht, aber auf jeden Fall ein Sensiblerer. Irgendwie werde ich es vermissen. Die Leute dort vor allem. Sie waren etwas Besonderes und Einmaliges, solche Menschen wird man nicht von den Bäumen pflücken können. Ich werde sie vermissen, die fröhliche Katja, den verträumten Malik, die kommunikative Jasmina, die stets lächelnde Andrea, meine Naddel und Alex natürlich.

Alex… Er war ein Stück meines Lebens, den ich nicht missen wollte, ich werde mich immer positiv an sie erinnern, aber ich musste meine Sachen packen und gehen. Ich habe in der Morgenrunde in Gedichtform meinen Gefühlen Ausdruck verliehen und mich verabschiedet. Ob man sich wiedersieht, wer weiß, aber eines weiß ich mit Sicherheit: Sie sollten so bleiben, wie sie sind, denn andere gibt es schon genug.

Als ich die Klinik fast schon außer Sichtweise hatte, dachte ich noch: *Ihr seid gut, wie ihr seid, Kopf hoch und vergesst nie, Darth Vader denkt und er glaubt an euch.*

So steige ich schließlich in den Zug, der mich in meine Wohnung in Großweier fährt - in die Nähe meiner Eltern. Aber meine Gedanken, ja die, die sind wohl in der Klinik geblieben, genau wie ein winziges Stück meiner selbst.

„Habichte und anderes Gesocks"

Wer kennt sie nicht, die Heilige Mutterquisition - eng verwandt mit der spanischen Inquisition, denn auch bei der Mutterquisition geht es darum, Wissen zu erbeuten über den „Gefolterten". Die Methoden der Mutterquisition erscheinen auf den ersten Blick gewaltloser als die, der spanischen Inquisition, aber dafür ist sie ungleich subtiler und effektiver.

Mütter scheinen immer über Netzwerke zu verfügen, auf welche die Stasi und das CIA wohl neidisch wären. Dieses für Gutes eingesetzt, könnte vieles bewirken. Aber lieber wird herausgefunden, warum der Sohn mit einer Rothaarigen in einem Café saß - in einer zwanzig Kilometer entfernten Stadt. Wir Kinder hätten schon in Timbuktu oder in einem einsamen Bunker etwas Dummes tun müssen, sodass es unentdeckt bliebe.

Aber ich kann mich nicht erinnern, dass wir je richtig bestraft wurden. Es entsprach eher der muttergegebenen Neugierde. Ich glaube, dass *Die Neugierde* denselben Artikel wie *Die Frau, Die Mutter* trägt, ist kein Zufall.

Täte ich einen Krieg führen wollen, ich wüsste sofort, wen ich als General nehmen würde: meine Mutter.

Der feindliche General wäre von der Taktik vermutlich erst mal überlegen, aber dem Feind wären längst die Geschosse, der Nachschub oder die Verpflegung ausgegangen, wenn unsere Truppen noch im Felde ständen. Sie ist eine Frau wie eine Eisenbahn, sie ist mit einer Energie gesegnet, dass einem manchmal Angst und Bange wird. Fünf Menschen von der Sorte meiner Mutter könnten mehr ausrichten, als der ganze Stab von Wowereit in Berlin zusammen. Wenn sie eine Dampfmaschine wäre, täte sie alles im Umkreis von einhundert Metern volldampfen. Sie ist eine Frau, die der Ansicht ist, wenn man die Israelis und die Palästinenser in einen Sack stecken würde, man nie den Falschen träfe, Inuit sind für sie Eskimo und an mich ging die Expertise, nie eine Deutschrussin mit nach Hause zu nehmen.

Sie ist eine gute Frau, sie kämpft mit der Leidenschaft und der Tapferkeit einer Löwin, für das, woran sie glaubt. Aber sie ist in einer anderen Welt groß geworden als ich. Eine Welt, die ich mir kaum noch vorstellen kann. Auf den Gedanken, dass das Wort Negerkönig diskriminierend sein könnte, würde sie niemals kommen. Was vermutlich daran liegt, dass sie fest mit den Beinen im Leben steht und anders, als gewisse Bundestagsfraktionen, beschäftigt sie sich mit den wichtigen Themen im Leben. Sie ist eigentlich eine Antipolitikerin, auch wenn sie das Zeug hätte, um Fraktionsführer zu werden oder Staatssekretär, vielleicht wäre sie das auch, wenn sie als Mann geboren wäre … wer weiß.

So waren wir heute mit dem Auto unterwegs. Überrascht bemerkte ich, dass wir ja noch Habichte beherbergen würden.

Da meinte sie: „Habichte, Fischreiher und das andere Gesocks, davon haben wir genug."

Das wievielte Klischee in diesem Buch war das eigentlich? Ich zähl die schon lange nicht mehr mit.

Das ist einfach meine Mutter. Das traurige ist ja, solche Menschen wird es in fünfzig Jahren nicht mehr geben. So sehr sie manchmal auch nerven - Mütter, solche Menschen - besonders meine - ohne sie, wird sehr viel fehlen und die Welt wird eine andere sein, vermutlich eine ärmere Welt.

Helmut Kohl hat einmal 2007 gesagt: „Mama ist das Schönste aller deutschen Wörter." Recht hat er!

„Chuck Norris in Berlin"

Ich habe auf Facebook gelesen, dass Chuck Norris den Flughafen in Berlin eröffnen würde. Was mich allerdings zu zwei Fragen führte: Warum sollte Chuck Norris ausgerechnet für Berlin einen Flughafen eröffnen? Es ist Berlin...

Warum braucht Berlin einen Flughafen?

Hin muss man nicht und nun ja, zum Wegziehen sind Möbelwagen besser geeignet. Was soll man in einer Stadt, die jahrelang von einem Mann regiert wird, der in jeder anderen Stadt westlich der Karpaten, bestenfalls als Krankenhaus-Clown hätte arbeiten können? Oder den man auf dem Jahrmarkt hätte antreten lassen können und schon das wäre vermutlich eine Überforderung für den Mann. - wenn man ihn für seine Unfähigkeit kritisiert.

In Berlin scheint ja Management by Jeans zu herrschen, an den entscheidenden Stellen sitzen Nieten. Aber vielleicht auch Managing by Moses: Er führte sein Volk durch die Wüste und hoffte auf ein Wunder. In der Stadtverwaltung auf jeden Fall herrscht Managing by Robinson, denn alle warten da auf Freitag.

Man stelle sich mal vor, eine Berliner Zeitung hat bei diversen Behörden angerufen, ob es einem finsteren Plan entspräche, wenn nicht nur eine Ost-West Verbindung durch Baustellen blockiert sei, sondern die Ausweichroute gleich mit. Scheinbar tingelte nicht nur der Bürgermeister auf diversen Partys umher, sondern wohl auch sämtliche Mitarbeiter der Stadtverwaltungen. Was würde Chuck Norris tun, wenn er den Flughafen eröffnet hätte? Round House Kicks verpassen, bis jeder da landet, wo er hin will? Chuck Norris kann, aus welchem Grund auch immer, alles. Vielleicht hat ihn eine Spinne gebissen, während er atomar verstrahlt wurde, als er auf dem Planeten Krypton geboren wurde … oder so. Er könnte in Berlin auf jeden Fall Ordnung schaffen, aber ob Chuck Norris die vielen Probleme, die Deutschlands armes und unsexy Sorgenkind Nummer eins so plagt, beheben kann, ist fraglich. Vermutlich täte selbst der Allmächtige den Kopf schütteln und sich sagen: „Meine Schöpfung überrascht mich jedes Mal aufs Neue."

So sind die Menschen, immer für etwas Neues gut … und wenn Wowi mal wieder auf einer Party war, kann Chuck Norris ihn ja rauskicken. Mit einem Round House Kick, sofern es nicht Chuck Norris' Party ist, wo es sicher viel Tiernahrung gibt, denn bekanntlich kriegt Chuck Norris zwanzig Prozent bei Praktika - auch auf Tiernahrung!

„Zugfahren und andere Grausamkeiten"

Zugfahrten, wer kennt es nicht? Es gehört wohl zu den verstörendsten und nervigsten Momenten in dem Leben des Deutschen Michels. Der Deutsche hat wieder einmal etwas geschaffen, was wohl einmalig in Europa ist, vermutlich sogar auf der Welt: die Deutsche Bahn. Gäbe es nicht Zeit und Gelddruck, ich täte alle Strecken lieber durch eigene Muskelkraft bewältigen, als mit der Deutschen Bahn.

Man sitzt im Zug und hat seit sieben Stunden nichts gegessen. Für die Damen der Schöpfung: Das ist ungefähr so, als hättet ihr drei Tage nichts gegessen oder als hätte der Laden nicht mehr die schönen Stiefel, die ihr letzte Woche gesehen habt.

Die meisten Mitreisenden sind harmlose nette Zeitgenossen, aber einzelne Individuen schaffen es tatsächlich, mich zu nerven. Sie benehmen sich im Abteil, als gehöre es ihnen. So ein Fall die Dame vor mir, ihr Heft mit Backrezepten oder Abnehmtipps aufgeschlagen - mit vielen bunten Bildchen - fordert sie mich auf, doch leiser zu husten. Tut mir ja wirklich leid, dass ich krank bin, aber es ist ja nicht so, als huste ich ihr in Gesicht. Auch wenn ich zugeben muss, dass ich gute Lust dazu hätte. Hinter mir ein Mann, der sich mit einem anderen über drei Sitzreihen hinweg unterhält. Hierbei teilt er dem ganzen Abteil so Informationen über sein langweiliges Leben mit. Die Versuchung ihn zu fragen, ob er auch im Kaninchenzüchterverein Mitglied ist, ist groß, aber man schweigt besser. Nicht das man noch Teil dieser Unterhaltung wird.

Aber am besten ist die vierte Reihe vor mir, die von Polizisten kontrolliert wird, weil sie halt ausländisch aussieht. Auch dort widerstehe ich der Versuchung ihnen vorzuschlagen, dass sie doch für ihre nächste Zugfahrt vier Bin-Laden-Masken kaufen sollten. Die Sympathie allerdings schwindet rasant, als die Gruppe, die ohnehin schon mit einer Disco vergleichbaren Lautstärke, die im Abteil herrschte, weiter steigert. Man versteht kein Wort, aber die Gesichter und Gestik lassen vermuten, dass es auch gut so ist. Als die Polizisten weitergezogen sind und der Kaninchenzüchter wohl eingesehen hat, dass sein langweiliges Leben nicht unbedingt etwas ist, was das ganze Abteil etwas angehe, geschweige denn interessiert, ist fast schon eine himmlische Stille eingetreten. Man ist versucht diese Stille als heilig, als andächtig zu erleben.

Aber man hat die Rechnung ohne den Schaffner gemacht. Mit einem Gesichtsausdruck und einer Laune aus der nicht ganz genau hervorgeht, was er nun mehr hasst: sich, seinen Arbeitgeber oder die Passagiere? So stapfte er durch das Abteil.

Seine Stimme: „Die Fahrkarten bitte", schallt durch den Gang, nervöses Zucken um mich herum, lassen in mir die Gewissheit reifen, ich bin nicht der Einzige, der gelegentlich Schwarz fährt. Ob sie wie ich, einfach ab und an einfach die Karte vergessen haben einzustecken, oder aber bewusst das Risiko gewählt haben, ist nicht ganz ersichtlich, denn sie verlassen das Abteil. Mit der Präzision eines Cyborgs nimmt der Zerberus der Deutschen Bahn dies wahr und brüllt: „Hey ihr, hiergeblieben!"

Im nächsten Abteil hat er sie wohl erwischt. Die Deutsche Bahn ist um ein paar vierzig Euro reicher, das ergibt dann ein neues Steuer für die Yacht eines Managers. Die andere Möglichkeit wäre, man ersetzt das, was mit Spraydosen bewaffnete Affen an Schaden anrichten. Es fehlt nur noch, dass sie ihre Exkremente hinterlassen, aber wir sind ja nicht in Berlin, sondern auf der Strecke zwischen Offenburg und Freiburg.

Wieder ist es relativ still, aber man ahnt, es ist nur die Ruhe vor dem Sturm. Tatsächlich steigt eine Gruppe Jugendlicher hinzu, die nicht unbedingt so aussehen, als wüssten sie Ruhe zu schätzen oder gar, wie man sie schreibt. Wieder einmal wird man genötigt, Unterhaltungen beizuwohnen, die einen nichts angehen. Aber dieses Mal, ich schwöre, haben sie sich über Hegel und Heidegger unterhalten. Wie man sich in Menschen täuschen kann, ist schon manchmal richtig erstaunlich, wie ich finde. Ich bin ja schon gespannt auf meine nächste Zugfahrt, vielleicht treffe ich dort ja freundliche Schaffner und rappende Großmütterchen. Denn im Leben, ja sogar mit der Deutschen Bahn, ist alles möglich. Sogar das!

„Home Sweet Home"

Ich erwache und einer meiner ersten Blicke geht zum Fenster. Dort sehe ich sie meine große Liebe. Sie hat sich nicht verändert, sie ist genau so wunderschön wie im November, als ich sie verlassen habe. Ich bleibe bei ihr, ich hoffe für immer. Nach der Klinik und einem kurzen Heimaturlaub in Achern, bin ich wieder bei ihr, meiner großen Liebe, Freiburg.

Ich bin also wieder in meiner anderen Heimat, meiner zweiten Heimat. Wenn man zwei ABFS (aller besten Freunde) haben kann, kann man auch zwei Heimaten haben. Freiburg, die ungekrönte grüne Hauptstadt Deutschlands. Hier könnte ja der Waldkönig residieren, wenn er im Wald Camp gewonnen hat.

Freiburg mit Worten zu beschreiben ist schwer, man muss einfach da gewesen sein. Für den gläubigen Muslim ist es Pflicht in Mekka gewesen zu sein. Für den Mensch, mit dem Glauben an alles Gute, Wahre und Schöne, in Freiburg. Der Philosoph Leibnitz, der eben die Theodizee Frage stellte - wieso kann Gott das zulassen, hat auch eine andere These aufgestellt. Eben jene, dass wir in der besten aller Welten leben würden, ob das stimmt, weiß ich nicht. Ich weiß aber, dass die Evolution unzählige Versuche bräuchte, um Freiburg erneut zu erschaffen.

Freiburg ist eine Stadt, die ein Eigenleben hat. Vermutlich hat fast jeder, der in dieser Stadt lebt, eine kleine Macke. In keiner Stadt ist die Zahl der Therapeuten dichter, nur die Zahl der Neurotiker ist noch höher. Die Therapeuten können ja nicht nur sich behandeln in Eigenkompensation ihrer Macken, sondern müssen auch von etwas leben. Durch das erzkatholische Umland ist auch der Übergang zwischen Katholizismus und *Naturglauben* wohl selten fließender. So das man gar nicht wirklich weiß, wo hört jetzt das eine auf und fängt das andere an. Eine Stadt, die sich ständig selbst erfindet und selbst ins Absurdum führt.

Es ist keine wirkliche Großstadt oder Millionen Metropole, aber es ist eine einmalige Stadt mit einmaligen Menschen. Menschen, die die wunderlichsten Dinge glauben und tun, aber genau das macht sie so wunderbar. Das Münster, die Bächle, die schöne Altstadt, sind nur die Spitze des Eisberges. Wer vom Schlossberg Freiburg von oben erblickt hat, den lässt diese Stadt niemals wirklich los. Aber ich werde diese Stadt auch nicht mehr wirklich verlassen können. Man behauptet, wenn man als Fremder in das Bächle fiele, müsse man eine Freiburgerin heiraten. So oft ich reingetreten bin, müssten mir die Frauen in Scharen hinterherlaufen. Laut einer Umfrage würden die meisten deutschlandweit am liebsten in Freiburg wohnen. Aber das war 2009, da habe ich doch noch gar nicht in Freiburg gewohnt. Muss wohl wirklich an der Stadt liegen…

„Alban Stolz Haus"

Ich bin also Albaner oder Albanese. Für Uneingeweihte, das ist ein Studentenwohnheim, das *Alban Stolz Haus*. In Freiburg eine Wohnung zu finden, vor allem eine bezahlbare, ist eine Kunst für sich. Eine gute bezahlbare

Wohnung in Freiburg zu finden, ist wie ein Fünfer im Lotto oder in einer anderen deutschen Stadt die WG mit den Nudistinnen, die nebenbei als Model arbeiten, zu erwischen. Außerdem ist WG-Leben ganz lustig, man muss es halt mit Humor nehmen, sonst hat man von Anfang an verloren.

Es gibt Dinge, die erlebt man nur in Wohngemeinschaften. Erfahrungen, die einem vom Rest der Menschheit trennen. Zu einem der Küchenkommunismus. Was frei herumliegt, wird von allen verwendet und wenn man etwas von anderen benutzt, ersetzt man es schnellstmöglichst. Der wohl einzige weltweit existierende Kommunismus, der nicht früher oder später in Mord oder Totschlag endet. Außer das allmorgendliche: *Wo ist meine Milch, wo ist meine Butter* und vor allem das mir sehr gut bekannt vorkommende, *wo ist mein Öl?* Wie oft ich diesen Satz schon gesagt habe, weiß ich nicht, aber mit grober Sicherheit gefühlte zweihundert Mal.

Ich muss, um Öl zu erhalten, nicht in fremde Länder einmarschieren, sondern nur in den Supermarkt. Es stört dennoch unheimlich, wenn man kochen will und kein Öl da ist. Der kluge Mann hat daher immer Ersatzöl im Zimmer. Problem gelöst! In einer WG ist es auch völlig normal, wenn wildfremde Menschen plötzlich in deinem Wohnzimmer stehen.

„Da habe ich früher gewohnt," verkünden diese Leute dann. Interessant, aber es verstört anfangs dann doch irgendwie.

Man kann auch auf dem Klo schreiben, überall hängen dort leere weiße Blätter. *Hoffentlich schreiben die Leute keinen Scheiß,* stand mal auf einem der Papiere.

Ich wohne auf Stockwerk zehn, damit ist er zum coolsten und tollsten im ganzen Haus aufgestiegen, verständlich oder? Einen Fernseher gab es auf dem Stockwerk im Übrigen schon nach zwei Wochen ... aber auf den Sauger warten wir bis heute. Gerüchten zufolge soll er im Februar da sein. Meine Mitbewohner wissen eben Prioritäten zu setzen!

Ich erinnere mich noch gut daran, am Anfang im Alban, wie es damals war im November.

Matthias, du weißt schon, dass du hier vermutlich in einer verrückten Kolonie gelandet bist? Hau so schnell ab, wie du kannst, war mein Fazit nach einer Woche. Gleich und gleich gesellt sich doch gerne. *Denk mal darüber nach, immerhin haben sie dich genommen. Du fühlst dich hier wohl,* dachte ich mir so. *Mich überfällt das Gefühl, dass ich eigentlich fliehen sollte, solange ich noch irgendwie kann,* dachte ich mir damals, aber wie man sieht, ich habe es nicht gemacht. Warum auch?

Es ist albern, wenn die Leute dort Müll (Salat) in den Mülleimer köpfen oder es völlig normal halten, um 24:00 Uhr Abendbrot zu essen. Man trifft auf die unterschiedlichsten Menschen. Im Alban wird uns viel geboten, von Massenzappeln über einer Bar, um die sich die wildesten Gerüchte ranken, bis hin zu großen Aktionen, kann man dort alles erleben. Es wird von Studenten erzählt, die nicht zum Studieren kamen, weil sie so eingebunden waren im Alban.

Auf meinem Stockwerk wohnen die unterschiedlichsten Persönlichkeiten. Die beiden Pädagogik - Studenten, die wie Klischee-Sozialarbeiter aussehen und der Schnitzelkonsumierende Sozialarbeiter, der - nun ja - nicht wie ein Klischee von einem Sozialarbeiter aussieht, sondern wie ein Matthias eben so aussieht. Einer, der jedes Klischee sprengt.

Den Chemie-Studenten, dem ich für mich den Spitznamen Hulk gegeben habe. Er läuft gerne im Muskelshirt umher, geht ins Fitnessstudio und besitzt eine Ernährungsdisziplin, die nicht von dieser Welt zu sein scheint und der mit einem Satz ganze Argumentationsstrukturen zu vernichten mag. Wir haben die spanische Studentin, die Geschichte studiert und eine Person die Nonne werden möchte. Asiaten, PH-Studentinnen und eine bunte Mischung aus dem Stockwerk, langweilig wird es daher nie.

Im Alban heißt die Devise und eine wichtige Botschaft:

Alles wird gut, solange du Albern (oder Alban) bist.

„Fahnen auf halbmast"

Die Fahnen des Computers sind auf halbmast, heute war ein schrecklicher Tag.

Ich habe die große automatische Aktualisierung der Rechtschreibung im Word durchgeführt: Seit heute sind Wörter wie *Lady Gaga*, *Bill Kaulitz*, *Twillight* und viele andere schlimme Wörter in seinem Wörterbuch. Ich glaube, ich sollte den Computer nie mehr herunterfahren, denn ob er danach wieder aufwacht, ist fraglich. Nachts an meinem Bett am Schreibtisch höre ich ihn seltsame Geräusche von sich geben - es könnten natürlich auch einfach die Kühlergeräusche sein, aber das glaube ich nicht. Der Computer trauert, ich habe großes Verständnis dafür und es tut mir ja auch irgendwie leid, aber es musste sein; es dient einer höheren Sache!

Er muss es ertragen und er wird es auch überleben. Vielleicht lade ich ihm später ein Therapieprogramm aus dem Internet herunter oder zur Aufheiterung einige nackte Gehäuserechner von heißen Festplatten und Motherboards. *Halte aus, mein Freund.* Aber es hatte noch einen weiteren Zweck. Ich musste zum Gegenangriff übergehen.

Gegen die Technikverschwörung, gegen die Bustüren, die genau dann zugehen, wenn ich einsteigen will, Duschen die dann kaputt gehen, wenn ich duschen will und Türen die natürlich nur dann klemmen, wenn ich sie benutzen will. Manchmal habe ich den Eindruck, die Technik ist nur dazu da, um uns zu ärgern, daher musste ich jetzt auch einmal zurückschlagen. Ein Dämpfer der Technikfront für fünfundzwanzig Jahre Demütigung meiner Person! Dass es meinen Computer trifft, ist zwar nicht ganz fair, aber es schien mir dennoch als teilweise angemessen. Im Krieg und in der Liebe ist alles erlaubt, heißt es. Ich werde nachher das Licht an und ausmachen, um die Glühbirne zu verwirren und werde einige Male den Stecker des Kühlschrankes ziehen für kurze Zeit, habe eh nicht viel drin, was verderben könnte. Wenn ich dann noch munter genug bin, verstelle ich den Fernseher auf Radio, die maximale Demütigung für ein Fernsehgerät. Das ist, wie wenn man einen Ferrari in einen Trabi verwandelt.

Die Rache ist mein… und ich habe noch viele weitere Pläne und noch finstere Ideen: Fünfundzwanzig Jahre aufzuholen, ist gar nicht so leicht. Vielleicht entscheide ich den schon ewig währenden Kampf Mensch gegen Maschine ja endlich, vielleicht bin ich der Auserwählte. Hm, vielleicht hätte ich ja vorhin nein sagen sollen, als dieser glatzköpfige Kerl mich fragte, ob ich das Rote oder das Blaue Smartie will. Habe das Blaue genommen, das Rote wirkte so bedrohlich. Wenn ich es genauer überlege, waren die Smarties schon fast so groß wie Pillen. Frage mich, wo dieser seltsame Kerl hergekommen ist, aber gut. Ich muss ja nicht alles wissen.

„Bittere Wahrheiten"

Man sitzt gemütlich in der Kellerbar. Erst trinkt man ein Bier und wird lustig mit Freunden, dann wird es immer mehr Bier. Einfach etwas das Leben feiern. Wie üblich, sinkt das Niveau mit fortgeschrittener Stunde und es wird über absoluten Blödsinn philosophiert. Wir erörtern die Fragen mit den Vampirfledermäusen und den Vampirkatzen. Irgendwie lässt mir das keine Ruhe. Aber auch sonst wird viel gelacht und gescherzt. Die Stunden gehen dahin, dann passiert es.

Ein Freund ist ziemlich betrunken und ich bitte ihn, mit dem Trinken aufzuhören, bevor er noch etwas wirklich Dummes tut. Ich bringe ihn schließlich ein Stockwerk höher zum Sofa und decke ihn zu. Ich trinke jetzt keinen Alkohol mehr, der Vorgang mit einem betrunkenen Freund wiederholt sich zweimal. Als ich auch den dritten Freund hochgebracht habe, dämmert es mir, was ich hier tue. Ich übernehme die Verantwortung für die Gruppe, ich bemuttere! Ich denke darüber nach und mich beschleicht eine Erkenntnis, die mich etwas beunruhigt. Das lässt mich nicht los, auch nicht als ich spät nachts nach Hause laufe, wieder halbwegs nüchtern.

Am nächsten Tag sinniere ich wieder und mir fallen einige Dinge ein, die verdammt gruselig sind. Ich habe mich früher immer mit Händen und Füßen dagegen gewehrt, aber mittlerweile gehe ich gerne Kleidung kaufen. Auch wenn eine Stunde die ich im *C & A* verbringen kann, immer noch sehr wenig ist, wenn man es mit anderen vergleicht. Aber das sind ungefähr achtundfünfzig Minuten mehr, als ich sonst gerne freiwillig in solchen Geschäften war. Eine noch viel gruseligere Erkenntnis: Ich bin zu Ikea gefahren, um meine Studentenbude zu möblieren. Meine Erste diente noch reinem Zweck, aber die Dekoration die ich mir gekauft habe, war nicht unbedingt nötig, sondern reine Ästhetik. Ich bin mit einem Einkaufswagen durch das Ikea Gebäude gefahren und habe mir überlegt, welche Topfpflanze denn am besten in mein Zimmer passt und welche Farbe die Lampe haben müsste, um mit meinem Zimmer zu harmonisieren. Dreimal die Woche koche ich etwas Gesundes, ich jogge jeden Tag - ursprünglich wegen ADHS, aber nun mache ich es gerne. Kinder siezen mich! Ich trinke Wein - ich war sogar auf einer Weinprobe.

Ich bin also heimlich irgendwie halb erwachsen geworden. Aber ich bin dennoch noch kein Spießer und nehme mich und die Welt immer noch mit Humor, daher alles halb so schlimm. Vielleicht bin ich ja geistig jetzt achtzehn geworden? Seltsame Vorstellung, aber was soll es, der Ball ist rund und ein Leben geht achtzig Jahre oder so.

Hoffe ich zumindest.

„Selbst ist der Mann"

Ich habe am Dienstagnachmittag noch friedlich meine Mails gecheckt, die üblichen Angebote ignorierend, also die, wo ich meine sexuellen Bedürfnisse ausleben könnte. Von Thai Girls über Rentnerinnen. Im Gegenzug müsste ich nur die monetären Bedürfnisse meines Gegenübers befriedigen, aber das sah ich nicht so ganz ein, denn mir waren meine monetären Bedürfnisse wichtiger. Tatsächlich waren auch wichtige E-Mails im Postfach, unter anderem die Erinnerung, dass heute Abend Selbsthilfegruppe war. Dabei hatte ich mich doch mit einem Freund verabredet. Ich bat diesen, unser Treffen auf den nächsten Tag zu verschieben. Es gehört zu den Ironien des Alltags, dass Vergesslichkeit zum Störungsbild ADHS gehört und ich hatte schlicht vergessen, dass ich zwei Termine hatte. Mir kommt gerade der Gedanke, dass ich mit ADHS ja sogar wirklich behaupten kann, ich bin gestört - hat auch was. Ich musste also, wenn ich zur Selbsthilfegruppe wollte, jemand absagen, weil ich die Selbsthilfegruppe, in der ich indirekt wegen dem Vergessen war, vergessen hatte. Welch Ironie, oder?

So machte ich mich am Abend also auf den Weg. Selbsthilfegruppe! Hätte zwar nie gedacht, dass ich mal je zu einer müsste aber gut, einmal ist immer das erste Mal. Medikinet und Sport gegen mein ADHS reichen nicht, warum nicht auch noch Erfahrungsaustausch mit anderen Betroffenen? Schließlich, nach viel Mühen, fand ich die Gruppe.

Wie würde es dort werden? Mir fiel eine lustige Postkarte ein: Ein Mann sitzt in einer Gruppe und sagt: *„Ich bin Ingo und ich werde gemobbt."* Alle im Kreis antworten: *„Halts Maul, Ingo."*

Schließlich saßen acht Leute zusammen und ich musste schmunzeln. Zwei davon wippten mit dem Stuhl, einer zuppelte ständig am Ohr und eine Person spielte immer mit den Händen. Ich war hier eindeutig in der ADHS Selbsthilfegruppe - ohne Zweifel! Wie zu erwarten, waren es alle keine 08/15 Persönlichkeiten, sondern jeder ein Fall für sich. Ich hatte in den letzten Monaten eine Menge über mich gelernt, viel gelesen und diskutiert über das Thema, sodass ich sehr gut mehr einbringen konnte. Es tat gut, dort zu sein. Man fühlte sich verstanden, unter Gleichgesinnten und die Stimmung war so gut geblieben, dass wir danach noch ein Bier trinken waren.

Ich glaube, man kann sich in seinen Krankheiten oder Störungen und seinem Leid suhlen oder man kann weitermachen. Ein Tonkrug kann sich nicht aussuchen, was in ihn gefüllt wird, wir schon!

Ich habe den Eindruck, wenn wir Menschen in Deutschland nur die Hälfte der Zeit die wir motzen, darin investieren würden wirklich was zu ändern, wären wir ein ganzes Stück weiter. Aber es ist leichter zu motzen, als etwas zu tun. Diese Erkenntnis ist wohl schon so alt wie die Menschheit selbst und hat wahrscheinlich schon einen Bart, wie die Witze von Fips Asmussen. Geschichte wiederholt sich, ähnlich wie die Witze von Fips Asmussen. Er ist da wie eine Schallplatte, die wieder und wieder abgespielt wird.

Ich verlasse die Selbsthilfegruppe mit dem Gedanken, dass es durchaus etwas bringen kann, aber nicht muss.

„Ich bin dann mal ein Kinderparlament gründen"

Das Neandertaler Museum lehnt die Idee ab, Neandertaler in Zukunft zu klonen. Der Kölner - der naturgemäße Erzfeind der Düsseldorfer - weiß allerdings schon längst, dass es immer noch Neandertaler gibt, sie fallen nur in Düsseldorf nicht so schnell auf. Meine Theorie hingegen ist, dass wir sie in den Dschungel schicken, wo sie mehrmals die Woche Schwachsinn in die Kamera stammeln und dabei Käfer verspeisen. Ich rede natürlich vom Dschungelcamp.

Man sitzt in der Küche und möchte nur in Ruhe Zeitung lesen; ja, es gibt Leute, die Lesen am liebsten spät abends, weil sie da Zeit haben, aber leider läuft nebenan Dschungelcamp. Ich höre den Namen Joey und das Erste, was mir einfällt, ist verblödet. Olivia Jones musste ihm erklären, was ein Transvestit ist. Dabei müsste er nur Angela Merkel sagen und jeder wüsste, was gemeint ist. Beim näheren Nachdenken fällt mir ein, Angela wurde tatsächlich als Frau geboren, auch wenn das schwer vorstellbar ist.

Und dieser Hohlkörper will nun ein Kinderparlament gründen. Vielleicht findet er ja eines auf der Straße oder er muss nur mit seinem berühmten Namen dafür Pate stehen. Für wen hält er sich? Den amerikanischen Präsidenten? Ganz davon abgesehen, dass er erst mal die finanziellen Mittel auftreiben muss und Politiker, die so tun als interessiere sie die Meinung von nicht wahlberechtigten Wesen, die genauso vorausschauend sind, wie ein Dackelrüde. Außerdem muss er auch erst mal die Kinder auftreiben.

Die einzige Rolle, die ich mir bei diesem Menschen und Kindern vorstellen könnte, ist, dass er als Türstopper im Kindergarten arbeitet oder eben als Pinanta auf Kindergeburtstagen. Auch eine Möglichkeit wäre als Rettungsboje auf Kindergeburtstagen; hohle Gegenstände sinken bekanntlich nicht, aber sonst? Die SPD hält er vermutlich für (S)chröder (p)isst (d)aneben und … ach egal… Es tut mir einfach weh im Kopf und ich frage mich, wie kann man diesen Schwachsinn ertragen? Vermutlich geht das nur im Suff.

Irgendetwas muss doch verdammt schieflaufen in diesem Land, wenn sogar die selbsternannte Elite, die Studenten, sich so einen Dumpfsinn ansehen. Ein Freund von mir hat immer das Unterschichtenfernsehen angeschaut (RTL) und mir gesagt: „Matthias, das werden mal später deine Klienten."

Hilfe... Ich kenne so viele angeblich gebildete Menschen, die das anschauen, dass wohl Unterschichtenfernsehen so oder so nicht mehr stimmt. Es mag sein, dass die Handlung in der Unterschicht spielt, aber meine Nachforschungen haben ergeben und meine Beobachtung entspricht der traurigen Realität: Zuschauer ist die Mittelschicht! Es ist also Mittelschichtenfernsehen. Was daran lustig ist, wenn sich Trottel zum Affen machen, ist mir schleierhaft. Vor wenigen Monaten lief eine Show mit Kleinwüchsigen im Fernsehen, ihr Leben wurde gefilmt, mein erster Gedanke war: *Zirkus TV.* Neben Dschungelcamp ist wohl der Boden der Niveaulosigkeit erreicht.

Ich warte nur noch auf den Tag, an dem Zwergenwerfen im Fernsehen gezeigt wird. Die Sendung lief Sonntagabends 19:00 Uhr, die traditionsgemäß für Freaks reserviert ist. Ich habe nur den Trailer gesehen, zum Glück haben meine Mietbewohner wenigstens Abstand genommen, so etwas anzusehen. Ich hätte dann den Stecker gezogen, auch wenn es einen Zwergenaufstand gegeben hätte ...

„Praxisstellen"

Wer kennt es nicht, stundenlang am Telefon verbracht. Für den schönen und anmutigen Teil der menschlichen Gesellschaft ist das mit hoher Wahrscheinlichkeit kein neues Gefühl. Aber gut, für mich auch nicht, ich habe ebenfalls schon stundenlang telefoniert. Ich erinnere mich, mit meiner Exfreundin einmal fünf Stunden telefoniert zu haben, nicht weil ich musste, sondern weil ich wollte. Aber das ist eher selten, zum Glück. An diesem Morgen ging es darum, die restlichen Praktikumsstellen abzuklappern, für mein Praxissemester, welches anstand.

Es existiert ein Verzeichnis mit Praxisstellen der Hochschule. Dort sind potenzielle Praktikumsstellen, ihre Anschriften, Telefonnummern und Ansprechpartner zu finden. Ran an den Speck hieß es, wenn mir auch der wirkliche Speck lieber gewesen wäre. Bei der vierten oder fünften Telefonnummer kam eine Frauenstimme an den Apparat. Ich schilderte ihr mein Anliegen und bat, den im Studip (das Verzeichnis) angebenden Namen zu sprechen. Gekicher am anderen Ende der Leitung.

„Der ist schon seit über 6 Jahren tot."

Notiz an mich: *Ich bin nicht der Einzige, der einen seltsamen Humor hat.*

Ich verabschiede mich höflich, froh dieser Praktikumsstelle entronnen zu sein. Weiter telefoniert und nach einem ganzen Morgen - ungefähr schon vier Morgen davor das gleiche gemacht - manifestierte sich ein Bild heraus:

Nicht nur, dass sich auch Spaßvögel in das Verzeichnis geschummelt haben, nein, sondern das von den Genannten mehrere tot, einige weggezogen oder in anderen Abteilungen sind. Die Informationen sind also teilweise bis zu sechs Jahren veraltet. Entweder gibt nie ein Student Rückmeldung, die Hochschule interessiert sich nicht dafür, oder ist nicht in der Lage, den Kausalzusammenhang zwischen der Informationsmail mit dem Hinweis, welche Informationen falsch sind und im *Verzeichnis was ändern* zu ziehen.

Die andere Vermutung ist, warum ich bisher oft ungeschoren davon gekommen bin für mein Chaos, ich habe Artgenossen in der Verwaltung. Ich meine, bisher wurde in jedem Jahr irgendwas verändert an unseren Studiengang, verschlimmbessert nennt man das. In der Absicht helfen zu wollen, vermurkst man noch etwas mehr - so scheint es auch dort zu sein. Ich bin aber dennoch gerne an der katholischen Hochschule. Wir lernen dort viel, das muss man sagen und nur aus dem Chaos entspringt Kreativität und Schöpfung. Außerdem, wenn die Hochschule organisiert wäre, wäre sie wirklich gefährlich. Es würden Dutzende Albert-Ludwigs-Universität Professoren und aberhunderte Studenten dort eine Sinn- oder Identitätskrise bekommen, wenn die Katholische Hochschule besser wäre … und da wir eine soziale Hochschule sind, wollen wir das nicht.

Schließlich ist der Morgen vorbei und ich mache mich auf den Weg zu einem Vorstellungsgespräch bei einem Kinderhort. An der freien christlichen Schule. Ob man ein Kind im Erwachsenenkörper auf Kinder loslassen sollte? Gute Frage. *Aber mach dir keine Sorgen,* sagt das Kind in mir. Ich antworte: *Ist alles cool, wir schaukeln das schon.* Schaukeln, au ja... Hoffentlich gibt es da eine!

Spaß beiseite, die Kinder dort haben sich als ziemliche Rasselbande herausgestellt, ich glaube, langweilig wird es dort nicht eine Sekunde, aber das ist gut so. Wer weiß, was ich für Dummheiten begehen würde, wenn mir langweilig wäre?

Ein guter Mann hat stets ein kindliches Gemüt, heißt es.

„Von Galileo und Nestbeschmutzern"

Vollgegessen die *Simpsons* angeschaut, danach ist man selbst wie auch die Bande Vollgefressener, die sich als Freunde bezeichnen, zum Aufstehen zu faul. Das Übliche.

Oh nein, wieder *Galileo - lass uns umschalten - du weißt doch, die Fernbedienung ist kaputt. Wir müssen am Fernseher umschalten - wer macht...* Schweigen... so nimmt das Unglück regelmäßig seinen Lauf.

Man schaut *Galileo* ... vor Jahren einmal sendete *Galileo* einen Beitrag, in der doch tatsächlich behauptet wurde, die Kompassnadel zeige nach Norden, weil unter der Erde Skandinaviens so viel Eisen läge. Ich bin wirklich auf den Tag gespannt, an dem diesen fleischgewordenen Bildungslücken auffällt, dass es einen Nord- und einen Südpol gibt. Oder die Tatsache, dass es einen geografischen und einen magnetischen Pol gibt und es nicht am Eisen liegt … Aber da können wir länger warten, vielleicht wird auch irgendwann einmal Harro dahin geschickt.

Harro ist entweder der Sklave von *Galileo* oder wird so gut bezahlt, dass er jeden Unsinn mitmacht. In der Wüste aussetzten, im Dschungel des Planeten Alpha Centauri, mit ihm kann man es offenbar machen. Heute Abend hat *Galileo d*as Niveau in den Keller getrieben. Es hat einen Mann vorgestellt, der sich nicht entscheiden kann, welche Frau er liebt. So hat er einfach eine Ehefrau und eine Freundin und mit jeder zig Kinder, der Sozialstaat wird sich freuen. Ich habe noch nie so etwas Spannendes wie ihre Probleme gehört. Man bekommt ja fast Mitleid mit dem Mann. Die armen unterdrückten Polygamisten! Wir sollten uns schämen, ihre Menschenwürde so mit Füßen zu treten. Amnesty International sollte Deutschland hinter solche Staaten wie Nordkorea und Iran setzen.

Apropos Füße treten, die Diskussion, die ich wenig später im Haus mitbekam, war ähnlich. Das Alban Stolz Haus wolle nicht mehr Alban Stolz Haus heißen, wegen Alban Stolz, der war immerhin ein Antisemit. Graben wir seine Leiche aus und sagen ihm direkt ins Gesicht, dass wir uns für seine Meinung schämen! Wie konnte ein Mann aus dem 19. Jahrhundert nur Antisemit sein? Und diese unerträglichen Evangelischen mit ihrem antisemitischen Luther, der war ja auch ein Antisemit. Sie müssen jetzt entweder aus der evangelischen Kirche austreten oder zumindest sich von Luther distanzieren, das ist ja das Mindeste! Und diese Katholiken erst, die sich auf einen Juden berufen! Dabei weiß doch jeder, dass diese die Palästinenser grausam unterdrücken, auch von diesem fanatischen Zimmermann sollten sie sich endlich distanzieren! Der ging doch wirklich in den Tempel und hat die Tische der Händler umgestoßen! Eine Unverschämtheit!

Man könnte ja jetzt argumentieren, Luther und Alban Stolz hätten zu Zeiten gelebt, wo eben der Großteil der Menschen Antisemiten waren, aber das wäre politisch nicht korrekt. Eine Ironie der Geschichte ist im Übrigen, dass die, die gegen Antisemitismus sind, oft Antizionisten sind, im Grunde dasselbe, nur geschickter und besser verpackt. In der Diskussion über Alban Stolz fiel dann auch der widerwärtige Satz: „Alban Stolz war auch psychisch krank, er war depressiv."

Man ist wirklich versucht, da zu sagen: „Du politisch überkorrekte Kuh, eine Depression ist kein moralischer Makel. Du hast keine Ahnung, was Alban Stolz oder andere Menschen in eine Depression treiben kann. Wenn du wüsstest, was für einen Unsinn du redest."

Ich finde Antijudaimus alles andere als gut, mir ist dieses Volk mehr als sympathisch und ich mag jüdische Witze. Nicht zu verwechseln, mit Judenwitzen! Sie sind intelligent, selbstironisch und haben auch einen gewissen schwarzen Humor, genau das, was ich schätze. Ich kenne keinen Juden persönlich - leider - aber ihre Geschichte ist sehr interessant und ich würde vieles dafür geben, nur einmal Chanukka, das Lichterfest miterleben zu dürfen.

Daher glaube ich, ein Volk, das über so viele tiefgründige und geistreiche Witze verfügt und einem Volk verzeihen konnte, das es fast an den Rand der

Vernichtung getrieben hat, wird sich nicht beleidigt fühlen, wenn das Alban Stolz Haus, das Alban Stolz Haus bleibt, nicht weil er ein Antisemit war, sondern trotzdem.

„Das GEZperium schlägt zurück"

Warum sind wir Deutschen so regelungswütig? Manchen Menschen wäre es am liebsten, wir hätten selbst Gesetze für den Stuhlgang oder wie man sich am besten in sein Bett legt, ohne sich den Kopf zu stoßen. Es wäre ja schlimm, wenn wir keinen Staat hätten, der uns sagt, wie man sich in sein Bett legt, ohne mit dem Kopf gegen das Holz zu stoßen! Es ist ja nicht so, als ob wir so ziemlich die schärfsten Umweltgesetze der Welt haben, nein wir haben etwas, das es wohl nur in Deutschland geben kann...

Eigentlich bin ich ja oft auf der Seite des Schwächeren, der Minderheiten und gegen den Mainstream. Ich habe wirklich verzweifelt gesucht, gute Dinge an der GEZ und der GEMA zu finden, aber die traurige Wahrheit war: Ich habe so gut wie nichts gefunden. Schlimmer noch, unsere deutschsprachigen Nachbarn lachen uns dafür aus! Das Lachen wird ihnen zwar vergehen, wenn wir sie heim ins GEMAreich und das GEZperium holen, aber das macht es für uns nur kurzzeitig besser. Danach würden wir uns genau so mies fühlen, wie vorher. Vermutlich sogar eher schlechter, weil dann haben wir die Österreicher noch viel mehr an der Backe, als jetzt schon. Ist eine ganz blöde Idee, sie wieder heim ins Reich zu holen, wie mir nun klar wird - weil am Ende sind Angela Merkel und Günther Jauch Österreicher und Jörg Haider und Ötzi Deutsche. So wie es nach der letzten Trennung ablief. Da wurde aus dem Österreicher Hitler ein Deutscher und aus der deutschen Sissi eine Österreicherin.

Wenn ARD und ZDF halbwegs gute Sendungen produzieren würden, könnte man ja darüber reden, aber für den Mist, der da verfilmt wird, sollten sie nicht Geld bekommen, sondern Geld bezahlen. Schmerzensgeld für die, die es sich doch angetan haben - aber das wird immer ein Traum bleiben.

Die GEMA ist eine schwierige Sache. Grundsätzlich ist es unmoralisch, Musik zu downloaden, aber man kann es auch übertreiben, das macht die GEMA. Ich habe versucht, die GEMA zu umgehen, weil ich ein ausländisches Video schauen wollte, mit den sogenannten Proxyserver. Verwenden angeblich auch Hacker, um ihre IP zu verschleiern, wenn sie fiese Dinge im Internet tun wollen. Es hat zwar geklappt die GEMA-Sperre zu umgehen, aber dafür hatte ich danach Viren auf meinen Rechner, toll. Ich kann nun meinen Internet Explorer nicht mehr benutzen und muss mich per Firefox in das Internet einloggen. Aber ich wähle trotzdem keine Piraten, ich habe dann zwar weiterhin die GEMA, aber bin dafür vor Dingen wie bedingungslosen Grundeinkommen sicher. Ich glaube zwar auch an das Gute im Menschen, aber die Menschen würden das schamlos ausnutzen und keiner würde mehr bei der Müllabfuhr arbeiten, sondern alle würden Schriftsteller, Schauspieler oder Sänger werden wollen. Dass damit die

Quantität des Blödsinns exorbitant ansteigt, muss ich nicht erklären, oder? Sie ist jetzt schon ziemlich hoch, weil jeder glaubt, schreiben oder singen zu können und dass jeder Promi glaubt, ein Buch schreiben zu müssen.

Davon abgesehen, dass es gar nicht bezahlbar ist, aber die Piraten sind eben das beste Beispiel für direkte Demokratie beziehungsweise seine Schattenseiten. Eben die Tatsache, dass die Meinung eines Dorfdeppen genauso viel zählt, wie die eines Sokrates. Aber das ist nun mal der Preis der Freiheit.

Vielleicht ist auch die GEMA Freiheit, die gescheitert ist? GEZ und die GEMA sind dennoch für mich die Einzigen in Deutschland legal agierenden Terrorbanden.

„Der Tag, an dem ich mein Kostüm wechseln musste"

Ein Treffen mit einem Mädchen, heute. Endlich hat sich Weihnachten für mich gelohnt, ich kann das Parfüm anwenden, das ich geschenkt bekommen habe. Beim Schreiben nach dem Date, also gegen ein Uhr – meiner Hauptarbeitszeit - fiel mir dann auf, es war gar kein Parfüm, sondern ein Aftershave. Es stellt sich aber trotzdem die Frage, wie viel Parfüm man anwenden muss. Ist vermutlich wie mit dem Alkohol, je mehr, desto besser.

Ich erhalte eine SMS! Sie schreibt mir, ob es mich stört, wenn sie ihren Mops mitbringt? Das würde ja äußerst interessant werden, das Treffen. Eine Neunzehnjährige mit einem Mops, das gibt es mit

Sicherheit nicht alle Tage. Nicht zu verwechseln mit der Mehrzahl von einem Mops - um in der aktuellen Sexismus Debatte, um Brüderle und einer Journalistin mitzumischen, ohne wirklich Partei zu ergreifen, sondern um lediglich einen Lacher zu erzielen.

Am Bertholdsbrunnen schließlich treffe ich sie. Ich habe ihr Freiburg gezeigt, als sie gekommen ist; okay da jetzt was Sexistisches zu sagen, wäre wirklich vorpubertär, aber ich tue es trotzdem. Wir haben geplaudert, saßen in einem Café und ständig wurde sie auf ihren Mops angesprochen. Andere Frauen kennen das nur, wenn sie mehr als einen Mops dabei haben, dann werden sie auf ihre Möpse angesprochen, obwohl sie doch gar keine Hunde dabei haben, Männer sind komisch. Ständig schielen Leute zu uns, nicht dass es mir unbekannt wäre, wie ein Wesen von einem fremden Stern angestarrt zu werden, aber es irritiert. Es ist ein Mops, so ziemlich der langweiligste Hund auf diesem Planeten. Ihre Besitzerin ist etwas interessanter, aber ob sie Humor besitzt, ist nicht sicher. Sie wirkte sehr ernst! Sie trinke sehr wenig, lehne Rauchen strikt ab, beschäftigt sich vier Abende die Woche mit ihrer Freikirchengemeinde und das füllt damit schon mal ihre meiste Freizeit. Aber wozu lebt sie dann noch? Auch ihr restliches Leben ist langweilig. Zwei Stunden über Noten und Jesus geredet, wow … Eigentlich redet sie fünfundneunzig Prozent der Zeit, eine typische Frau halt, schon mal kein guter Start.

Dates waren vor dem Tag X viel einfacher. Der Tag X? Der Tag, vor dem sich alle Männer und das Niveau gefürchtet haben. Der Tag an dem Vampire im Fernsehen glitzerten; seither kann das Niveau nicht mehr in den

Keller klettern und man kann alle Filmfehler in Filmen abtun mit: *Also wenn Vampire glitzern ist das auch möglich.* Ich rede von dem Tag, an dem *Twilight* in die Kinos kam. Aber *Twilight* hat mir noch viel mehr verdorben. Ich kann auch auf Kostümpartys nicht mehr mein Lieblingskostüm anziehen. Nicht das ich eine Vorliebe für Vampire habe, aber zum einem haben Vampire einmal als Menschen gelebt und hatten einst Spaß - ähnlich wie grüne Wähler - und sind damit schon mal humanoid. Aber jetzt der wichtigste Punkt. Eine schwarze Hose, weißes Hemd, schwarzer Umhang, Gesicht bleich schminken und fertig - ist kein großer Aufwand. Gut ich gebe es zu, ich habe mir auch schon Anmachsprüche für den Tag nach X überlegt.

- *Lass uns knutschen bis(s) zum Morgengrauen.*
- *Lass uns knutschen bis(s) der Tod uns scheidet*
- *Ich habe zwar keine Karottenfarbenden Augen wie mein Kollege Eddy, aber du hast dafür umso schönere Augen.*
- *Du siehst zum Anbeißen aus.*
- *Anders als mein Kollege Eddy beobachte ich dich nicht vom Bett aus, sondern komme rein ...*
- *Ich beiße dich auch, ohne dass du mich heiraten musst.*

Es sind alles wirklich dumme Sprüche, aber die würden vermutlich auch noch funktionieren, so traurig wie es ist. Aber da ich selbst noch über Selbstachtung verfüge, wechsle ich das Kostüm. Vielleicht komme ich als ich selber, kann auch nach einer durchzechten Nacht zombieähnliche Ausmaße annehmen. Daher, ihr schönen

Frauen des Planeten, lebt wohl bis(s) das Niveau uns scheidet.

„Die Tribute vom Dschungelcamp"

Warum kann man nicht seine E-Mail aufrufen, ohne mit Schwachsinn bombardiert zu werden? Mails, in denen mir *Heiße Fotzen* mit *engen Spalten* - so laut Selbstbeschreibung - viel Spaß versprechen, erhalte ich ja ständig, wie die auch immer an meine E-Mail-Adresse herangekommen sind. Auch Damen, die mich in der und der Großstadt getroffen haben wollen und nun um ein erneutes Treffen erbitten, melden sich. Ich erinnere mich nicht, in einer dieser Städte gewesen zu sein. Was soll ich bitteschön in einer Stadt, die nach Fisch stinkt und ein Rotlichtviertel namens St. Pauli beherbergt? Da ich außerdem keine Geschlechtskrankheiten mag und ich auch nicht im Lotto gewonnen habe, ignoriere ich sie.

Auch Olgas Angebote für eine *Reitstunde* oder Nachricht von *Sweetgirl85* wird ignoriert. Dafür gibt es einen Spamordner. Aber GMX und Web.de scheinen sich nun mal mit Werbung und Promitrash zu finanzieren. Dieser Promitrash geht einem wirklich auf die Nerven. Es interessiert mich nicht wirklich, was dieser oder jener Star gemacht haben soll oder wenn die Dschungel Kandidaten Pizzas mit allem möglichen Getier verspeisen müssen. Es mag unglaublich klingen, aber mein Leben wäre auch ohne diese Information irgendwie weitergegangen. Man rechnet mit der menschlichen

Neugierde und folgt dem Link, auch wenn man ahnt, dass man mit Riesenschwachsinn konfrontiert wird, aber man hat die geringe Hoffnung, es könnte etwas Wertvolles sein. Wie gesagt, die Wahrscheinlichkeit geht gegen Null, aber es könnte ja sein ...

Ich habe tatsächlich zwei Minuten meines Lebens geopfert, um mir die Prüfung anzusehen.

Zwei Kandidatinnen müssen eine Pizza voller Getier essen, darauf muss man erst mal kommen, ich glaube, in den geschlossenen Abteilungen im Land sitzen die Falschen. Irgendwie erinnert mich das Ganze an die *Tribute von Panem.* In dem mittlerweile verfilmten Roman geht es um einen Staat der Zukunft, der Jahr für Jahr die sogenannten Hungerspiele ausrichtet, wo sich zwölf Kandidaten gegenseitig abschlachten müssen. Klingt erst mal verlockend die Idee, so würde durch Selektion eine Menge Idioten aus dem Genpool entfernt, aber ich befürchte, ganze Stadtteile würden dann vermutlich veröden und das wäre dann irgendwie inhuman.

Das RTL den Bogen immer wieder überspannt ist mittlerweile erwartbar geworden, fast schon eine Konstante im Leben. Niveau auf RTL, ist wie die Stecknadel im Heuhaufen zu finden. Während die anderen Sender wenigstens noch so tun als hätten sie einen Funken Moral, ist das RTL schon länger egal geworden. Wenn sie gesetzlich dürften, würden sie die Tribute von Panem vermutlich sogar nachspielen. Die beiden Moderatoren der Dschungelshow erklären, dass sie den Teller nicht hätten essen können. Besteht ein Zusammenhang zwischen Dürren in Australien und dem

Dschungelcamp á la: *Wenn du deinen Teller nicht leer isst, gibt es schlechtes Wetter?* Wie viel Menschlichkeit noch in einer Heidi Klump steckt, die jungen Mädchen indirekt einredet, sie wären zu dick oder in einem Moderator einer 9Live Sendung, ist ohnehin fraglich. Man müsste ihnen vermutlich wie Pinocchio ein externes Gewissen besorgen. Was geht in den Köpfen von solchen Menschen vor? Haben sie Jura studiert oder wurden sie gezwungen, jeden Tag Salat zu essen? Man weiß es nicht, es muss auf jeden Fall schrecklich gewesen sein. Vermutlich haben sie zu Hause alle Spiegel zugedeckt oder abgehangen. Denn eines steht fest, um es mit Captain Kirks Worten auszudrücken: RTL hat das Niveau in neue unendliche Weiten geführt, in der noch kein Mensch vorher gewesen ist.

Es ist also amtlich *Habemus Dschungelkönig.* Joey ist der Dschungelkönig, der Dümmste ganz oben. Vielleicht ist das *Dschungelcamp* doch realitätsnäher, als man glaubt. Aber vielleicht ist Joey auch gar nicht dumm, sondern lebt in seiner ganz eigenen Welt wie andere behaupten, aber auch das entspräche unserer Realität. Denn im Elfenbeinturm sitzt so mancher Politiker, Schauspieler, Theologe oder Philosoph. Die Sendung ist auch überraschend philosophisch. Joey fragte Olivia einmal, was an ihr echt sei und sie antworte: „Nichts."

Was ist auch schon echt in dieser Scheinwelt? In der Welt, in der diese Show spielt, was ist echt, was ist wahr? In der Welt der Kunst und der Stars und Sternchen? Kommt dort nicht alles auf den Schein an? Ist der Schein nicht oft wichtiger als das Selbst? Was zeigt uns das

Dschungelcamp über die menschliche Natur? Zeigt es uns nicht auch die hässlichen Seiten an uns?

Was für Charaktere sind dort eigentlich aufeinandergetroffen? Der ehemalige Betrüger, der so in seiner Rolle aufgeht, dass er der Travestiekünstlerin Olivia alias Oliver fast schon Konkurrenz macht. Die Zicke, die Intrigantin, der erfolglose Sänger und die 08/15 Barbie. Welchen Preis hat Selbstachtung? Welchen Preis hat Würde? Das muss wohl jeder für sich selbst beantworten. Fakt ist, manche Leute schauen sich das an, weil sie zu faul sind, vom Sofa aufzustehen und sich denken: *Habe ich nachher etwas zum Füllen meines Tagebuchs?* ... Ob das so moralisch überlegen ist, ist zweifelhaft.

„Von Geistern und der Politcal Correctness"

Heute war der Tag, an dem ich einen Freund von mir - einen Literaturstudenten aus dem hohen Norden - um Rat fragen durfte zu diesem Werk. Welche Perlen der Weisheit würde der Meister für mich bereithalten? Mit diesen Fragen im Kopf steuerte ich auf seine Wohnung zu, bis mir eine Straßenbemalung auffiel. Geisterradler schädigen sich und andere. Ja, Okkultismus, das Thema war im Kommen - aber in Freiburg hat es sich scheinbar schon durchgesetzt. Das man an die Existenz von Geistern glaubt, ist ja schön und gut. In England tun das immerhin sechsundsechzig Prozent - und damit glauben mehr Engländer an Geister als an Gott. Aber dass die

Fahrradfahren können ist mir neu. Gut, laut *Twilight* glitzern Vampire ja auch im Sonnenlicht.

Geister sind nicht stofflich, immateriell also. Wie können die anderen Schaden zufügen? Ohne feste Materie? Und wie sollen sie sich noch selbst schädigen? Sie sind ja schon tot und toter geht es ja auch nicht.

Als ich schließlich meinen Freund damit konfrontiere, schaut er mich an und murmelt so viel wie: „Wetten, dass das jetzt in deinem Buch kommt?"

Er hat es also gelesen, wie es scheint. Tatsächlich passiert etwas, was ich selbst kaum glauben kann. Ja, hätte man es mir vor einem halben Jahr gesagt, ich hätte die Person für verrückt erklärt. Ich wiederhole deutsche Grammatik, schließlich verlasse ich ihn wieder, ausgefüllt mit Weisheit und hinterlasse einen verzweifelten Freund, der zur Beruhigung *Tatort* schaut. Hoffentlich zeigen sie das Gesicht der Leiche, nicht dass die Leiche in seiner Fantasie auffallende Ähnlichkeit mit mir hat …

Schließlich, Stunden später, erhalte ich meine Lektion in Politcal Correctness II. Ich werde aufgefordert mich am Dienstag zu partizipieren, auf der Konferenz des Alban Stolz Hauses. Meine Stimme zu erheben, dass das Alban Stolz Haus das Alban Stolz Haus bleibt. Ich erfahre, dass ernsthaft argumentiert wird, da wir ein katholisches Studentenwohnheim sind; das im Übrigen alle Konfessionen und Religionen aufnimmt, dass wir nicht noch mehr Munition liefern sollten und diese Persönlichkeit als Namensgeber ablehnen. Wankt ein Hochhaus, wenn ein Hund es anbellt?

Am späten Abend habe ich Günther Jauch angesehen. In der Sendung ging es um Sexismus. Was ist passiert? Eine achtundzwanzigjährige Journalistin spricht einen doppelt so alten Politiker an, der etwas getrunken hat. Nachts um 12:00 Uhr und im Laufe des Gespräches offenbart er ihr, dass sie durchaus ein Dirndl füllen könnte. Man kann natürlich den anständigen Weg nehmen und ihn darüber informieren, dass es nicht richtig war, oder man breitet es in der Öffentlichkeit aus, selbst nachdem derselbe Mensch sich später entschuldigt hat, ein Jahr später im Übrigen. Ich finde so etwas einfach nur widerwärtig. Man diskreditiert seine eigene Sache und seine moralische Überlegenheit mit solchen Methoden. Eine Spiegel-Journalistin die dabei war, hat erzählt, Herr Brüderle wollte die Sache nur etwas auflockern und nicht über Politik reden. Wie konnte er nur! Er hat es richtig verdient, dass sein Name durch den Dreck gezogen wird!

In der Diskussion saßen also die erste Frau, die Nachrichtensprecherin war, der Stern-Chefredakteur, der Schriftsteller Karasek, Alice Schwarzer, Silvia Koch-Mehrin und die Journalistin. Es stellte sich bald heraus, die altersweise erste Nachrichtensprecherin und der Schriftsteller Karasek, argumentieren ruhig und sachlich, während sich die Stimmen der Journalistin und von Alice Schwarzer fast überschlugen.

Apropos Überschlagen, hat je ein Mensch Günther Jauch mit Emotionen gesehen? Er wirkt manchmal wie eine Schlaftablette im Anzug. Der Schriftsteller Helmuth Karasek ist sehr mutig. In der Höhle des Löwen, inmitten eines Rudels Feministinnen sagt er: „Ein Dirndl ist zum Schauen da."

Ein sehr mutiger Mann, das muss man ihm lassen. Die Sendung war schon etwas parteiisch. Frau Koch-Mehrin konfrontieren sie mit freizügigen Aufnahmen ihrer Selbst und ihrem Kommentar: „Ich sehe gut aus, warum sollte ich das nicht nutzen?"

Damit hatte sie den Nagel auf den Kopf getroffen. Ich gestehe, ich kannte ihr Gesicht und ihre Partei, aber sonst: Keine Ahnung. Die FDP hatte einfach mit einem hübschen Gesicht Werbung gemacht. Sie hat übrigens den knappsten Rock getragen, das hat die Kamera wunderbar herangezoomt. Den Chefredakteur des Sterns hat die Sendung mit den erotisch angehauchten Titelbildern seines Blattes konfrontiert. Schnell wurde aus einer gesellschaftlichen Debatte indirekt eine Politische. Man könnte Menschen durch diese Debatte ändern. Linke glauben gerne, man könnte den Menschen umerziehen, einhundert Jahre Versuch und Irrtum waren wohl nicht genug. Müssen wohl nochmal einhundert Millionen Menschen sterben, bis sie es lernen und selbst dann wohl nicht. Mich hat die Debatte auf jeden Fall zum Nachdenken gebracht. Ich gestehe, ich sitze im Sommer gerne auf einer Bank und beobachte Menschen, gerne auch hübsche Frauen. Es gibt wenig ästhetisch Schöneres, als hübsche junge Frauen. Das ist eine Schönheit, die die Seele berührt. Sie hat viele berühmte Dichter zu Gedichten inspiriert. Das kann man nun werten, wie man will.

Wann ist es flirten, wann ist etwas sexuelle Belästigung? Der Grad ist schmal. Uns wird eine offene liberale Gesellschaft vorgegaukelt, aber das ist sie eben nicht. Es ist eine Scheingesellschaft mit einer Scheinmoral.

Eine Umfrage zeigt es ziemlich gut:

Neunzig Prozent der Menschen finden, Brüderle müsse sich entschuldigen, für was bitte? Dass eine Journalistin sich profiliert, äh, ich meinte, aufklären will? ... Nach einem Jahr? Was für eine Doppelmoral. Er hat sich am selben Abend schon entschuldigt! Warum lässt man einen Mann für etwas büßen, was viele verbockt haben? Macht ihn zum Sündenbock für alle Männer? Ich muss zugeben, ich schäme mich manchmal fremd für manche Männer, aber ich fühle mich auch diskriminiert, wenn ich über einen Kamm geschoren werde. Männer denken nur an das Eine. Habe ich schon hunderte Mal gehört und auch zu spüren bekommen. Starte ich deswegen einen Aufschrei? Nein! Aber vielleicht auch nur, weil es mir an Mediengeilheit oder Fanatismus mangelt.

Fakt ist: Wie jeder Mensch finde ich es Unrecht, wenn jemand aufgrund seines Geschlechtes Nachteile erhält oder gar unterdrückt wird. Aber wenn mit solchen Mitteln gekämpft wird, ekelt es mich einfach nur an und besudelt die durchaus nicht unberechtigte Sache. Daher bleibt mir zu hoffen, dass wir uns mit mehr Respekt behandeln und gemeinsam an einer Lösung arbeiten werden. Denn eines ist Fakt: Wir können nicht mit den Frauen, aber auch nicht ohne sie.

„Reden ist Silber, Denken ist Gold"

Heute habe ich mir über eine Szene Gedanken gemacht, die sich gestern abgespielt hat.

Selbstgespräche: Wer kennt sie nicht? Man spricht mit sich selbst, dem Stuhl oder den Schuhen beim Zubinden. Das ist völlig normal. Nur wenn die Gegenstände anfangen zu antworten, sollte man sich Sorgen machen und bald möglichst mit einem Therapeuten sprechen. Und zwar bevor man den Auftrag erhält, John Lennon zu ermorden, oder sich für einen Spion des Vietcong hält. Aber davon bin ich zum Glück noch weit entfernt, sodass ich die täglichen Gespräche mit mir selbst ja fast schon genieße. Immerhin einer, der mich versteht! Dumm, dass man sich nicht selbst heiraten kann, würde vieles einfacher machen im Leben. Die Hand hat immer Lust und Zeit, sie ist nicht sauer, wenn sie mal warten muss, fragt dich nicht nachts um 2:00 Uhr, wo du so lange gewesen bist, wird nicht eifersüchtig und sie erwartet keine Gefälligkeiten oder Aufmerksamkeiten. Gut, aber ich würde auch vieles Schönes verpassen, hat eben alles Vor- und Nachteile im Leben, manches mehr und manches weniger. Es heißt immer, wenn man mit sich selbst spricht, widerspricht einem keiner. Da irrt sich der Volksmund. Folgender Dialog fand tatsächlich statt:

Ein Mann in der Schlange vor mir kaufte einen Zwölfer Pack Bier.

Ich im Scherz: Das reicht sicher bis morgen.

Sohn des Mannes: Ich helfe Papa dabei.

Kassiererin: Ihr Kind ist ja süß. Ich habe auch einen Sohn, der darf aber noch nicht trinken.

Folgender Dialog fand in meinen Kopf statt:

Ich I: Mein Sohn darf schon trinken.

Ich II: DU hast gar keinen Sohn.

Ich I: Ich bin mein eigener Sohn.

Ich II: DU weißt schon, dass es völliger Unsinn ist, dass es gar nicht gehen kann.

Ich I: Ich habe nie behauptet, dass ich nur logische Dinge sage.

Ich II: Zu einem denkst du es nur und du hast recht, hast du nie behauptet.

Ich I: Klugscheißer

Ich II: Ich stehe dazu.

Wer kennt solche verstörenden Gespräche nicht? Würde jemand das in aller Öffentlichkeit sagen, würde ich ihn auf die Geschlossene überweisen. Aber ich habe mal recherchiert, ich bin nicht der Einzige, in dessen Kopf sich manchmal seltsame Dialoge abspielen. Vielleicht eröffne ich bald ein Freiluftirrenhaus, genannt *Welt*. Aber ich muss nun Schluss machen. Ich erhalte Funksprüche aus Moskau, auch wenn ich kein Funkgerät in meinem Zimmer entdecke…

„Wen juckt schon Mali"

Am Mittag überfiel mich folgender Gedanke: Wer bitte schön kauft um die Mittagszeit eigentlich im Supermarkt ein, zu der Zeit in der er doch so bekannt ist, für seine großen Schlangen? Missmutig schaue ich nach vorne. Tatsächlich ist es ein Deja Vu, ich stand schon ganz schön oft mittags in einer Schlange und ergebe mich meinem Schicksal. Welche Wahl habe ich? Eingeklemmt zwischen der Mutter und ihren *lieben* Kleinen vor mir. Von den Winzlingen betrachteten mich zwei als natürliches Hindernis oder zumindest als etwas, hinter dem man sich verstecken kann. Hinter mir der fünfzigjährige Handwerker, der für Januar sehr luftig bekleidet umherläuft, mit Muskeln auf die Popeye neidisch wäre. Ich glaube auch, Rainer Langhans wäre neidisch auf diesen Mann. Was er unter den Armen trägt, hätte jener gerne auf dem Kopfe. Ein wahres Paradies für Generationen von Läusen und anderem Kopfgetier.

Kurz schaltet sich mein Kopfkino ein und ein Kollege fragt den Kerl hinter mir, ob er zwei Hippies im Schwitzkasten habe. Ich verdränge das schnell, nicht dass ich meine Gedanken noch aus Versehen verbal äußere. Von Krankenhäusern habe ich erst mal genug. So fällt mein Blick auf den Zeitungsständer. Schlagzeile: *Königin Beatrice tritt zurück.* Wer ist das? Mein erster Gedanke: *belgische, niederländische oder schwedische Königin oder so!* Aber sie schweifen schon weiter - passiert zwangsläufig bei Dingen die so interessant sind wie eine Steuererklärung.

VW Chef hat eine neue Liebe, man sieht ihr Dekolleté, nicht dass es etwas Neues wäre in diesem Land. *Sind wir Deutschen ein Volk von Sexisten*, fragt die Badische Zeitung? *Wir sind auf jeden Fall ein Volk von Menschen, das die Abdankung einer Marionette mit Krone auf dem Kopf für wichtiger hält, als das Fanatiker in Mali eintausenddreihundert Jahre Menschheitsgeschichte und Kultur in Flammen aufgehen lassen* - kommt mir in den

Sinn, als ich zu Hause auf Seite 6 lese. Eben, was ist schon eine Bibliothek, in der jahrhundertealte Schriften aufbewahrt werden und diese die Früchte einer Hochkultur enthalten, gegen die Nachricht, dass irgendwelche Leute abdanken oder eine neue Liebe gefunden haben? Aber vielleicht ist es auch bei *Al Qaida und Co* nichts Neues?

In Afghanistan hat man Buddha Statuen gesprengt, man schändet die Schreine lokaler Heiliger in Nordafrika und steinigt fünfzehnjährige Mädchen. Da erwartet man es vermutlich und es ist keine Meldung mehr wert. In Mali darf weder getrunken, geraucht, getanzt noch gesungen werden. Menschen die Schauspielern oder Singen gelten als Gottlose, sie beleidigen den Schöpfer. Zugeben, was mancher Sänger und Schauspieler so darbietet, ist tatsächlich manchmal jenseits von Gut und Böse. Aber das nennt man Freiheit. Etwas was die für Teufelswerk halten. Es erscheint ihnen wohl als gruselige Vorstellung, selbst ihren Kopf anzustrengen und nicht buchstabengetreu alles aus einem Buch ablesen zu können. Eigenverantwortung? Bloß nicht! Die Welt solcher Menschen muss allgemein auch sehr düster sein. Der Salafist Pierre Vogel ist ernsthaft davon überzeugt, dass es den Muslimen in Deutschland wie den Juden im 3. Reich ergeht. Der Mann war früher Boxer! Gut möglich, dass diese Wahnvorstellung von den Schlägen auf den Kopf herrührt, die er abgekommen hat.

Aber es zählen nicht nur Boxer zu seinen Anhängern, die seine dunkle Weltsicht teilen, sondern auch viele Jugendliche. Man könnte ja Mitleid mit ihnen haben, wenn sie ihre Ansichten für sich behalten würden, aber leider versuchen sie andere Menschen auch zu Zombies zu machen. Daher: Selbst nachdenken ist zwar manchmal anstrengend, aber es lohnt sich! Das behauptet zumindest der Komiker Vince Ebert und der muss es ja wissen.

Ich habe meine Erfahrungen mit Basisdemokratie gemacht. Also mehrere Dutzend Personen geben direkt ihre Stimme ab. Ich war in der Hausversammlung des Studentenwohnheims. Es war wohl wie auf einem Parteitag der Piraten, nur dass viel mehr Frauen anwesend waren und nicht mit Computern, sondern mit der Hand abgestimmt wird. Aber sonst darf jeder abstimmen. Es ist, wie im alten Griechenland schon mal jemand bemerkte: *Wieso sollte die Meinung eines Dorfdeppen genauso viele zählen wie die eines Sokrates?* Ist ehrlich gesagt eine gute Frage, vielleicht weil der Dorfdepp noch lebt; zumindest einige seiner Nachfahren und Sokrates tot ist? Oder weil das eben, genau das, Freiheit ist? Dort tauchen dann seltsame Anfragen und Ideen auf, das ist Basisdemokratie. Dort tauchen Dinge auf, die verrückt sind. Bei uns ging es etwas anders zu. Erstmals gab es eine lustige Bühnenshow, in der sich die Kandidaten für die verschiedenen Posten qualifizierten. Wäre das eine Theateraufführung gewesen, hätte es Buhrufe von mir gegeben. Die Programme der Kandidaten waren alle so herrlich nichtssagend. Sie unterschieden sich kaum und so wählte wohl der Erfinder des Alphabetes; ergo: Die Namen, welche zuerst kamen, wurden gewählt. Abgesehen von der einen, die Yoga für alle anbieten wollte, die kam ganz nach hinten. Wenn sie Yoga machen will, bitte, aber was ist das für eine dumme Idee? Ich nötige ja auch keine Vegetarier dazu, Schnitzel zu essen. Ich habe am Ende nicht richtig mitbekommen, wer schließlich gewählt wurde, weil es so laut war, aber wir werden es schon noch erfahren.

In der zweiten Diskussion ging es um die Person von Alban Stolz, wieder waren die Leichenfledderer am Werk. Ich habe seine Verdienste aufgezählt. Gut, aus Baden zu kommen ist nicht so ganz ein Verdienst, sondern vielmehr eine Ehre, aber das ist Wortklauberei. Apropos Wortklauberei, ich hatte einen würdigen Gegner gefunden. Sicherlich ein Jurist oder Politkommissar. Er wäre der perfekte Politiker. Er besaß die Fähigkeit, dem Gegner das Wort im Munde umzudrehen, und noch wichtiger, er konnte Buhrufe als Beifall auffassen. Zumindest wirkte er so. Antisemitismus sei auf keinen Fall zu tolerieren, wir sollten uns umbenennen. *Nenne ein Beispiel*, tönte es aus der Menge. Der Politikkommissar geriet ins Schwitzen, darauf hatten seine Genossen ihn nicht vorbereitet und er nannte einen Namen. *Der ist aber nicht aus Freiburg, nicht mal aus Baden*, tönte es aus dem sich wehrenden Publikum. Am Ende hatte die Gerechtigkeit gesiegt, zumindest bis auf die Tatsache, dass sich eine Arbeitsgruppe gebildet hatte, die eine Stellungnahme verfassen durfte. Manchmal ist es besser, das Maul nicht aufzumachen, dann findet man sich nicht in Arbeitsgruppen wieder. So, aber dafür ist es nun zu spät: mitgefangen, mitgehangen.

Im nächsten Punkt ging es um ein Grundrecht des Menschen. Den unbegrenzten Zugang zu Internetpornografie, den man den Albanesen verwehrt. Wann wird Den Haag eingreifen? Wir sind an das Netz der Pädagogischen Hochschule Freiburg angeschlossen und haben daher umsonst Internet, allerdings nur 800MB in drei Tagen. Was unter Umständen manchmal wenig sein kann. WLAN einrichten war nicht möglich. Die einzige Möglichkeit wäre ein mobiler Internet Stick, was aber auf Dauer viel zu teuer ist. Es ist ungewöhnlich, nicht auf YouTube surfen zu können, aber man gewöhnt sich daran.

Das waren also drei Stunden geballte Basisdemokratie. Ein Freund hat einmal gesagt: „Demokratie ist Niederknüppeln des Volkes, durch das Volk und für das Volk." Zumindest heute Abend hat es gestimmt.

„Morgens halb Zehn in Niedersachsen"

Beim Zeitunglesen bemerke ich: In Niedersachsen geschehen seltsame Dinge. Das Krümelmonster hat offenbar das goldene Firmenwahrzeichen der Firma Leibnitz gestohlen. Es fordert Kekse für die Kinderkrebsstation sowie Tausend Euro für ein Tierheim, ansonsten lande der Keks in der Tonne beim Monster. Darauf muss man erst mal kommen.

Vor einige Zeit hat sich das Land Niedersachsen auch einen seltsamen Schildbürgerstreich erlaubt. Ein Kraftwerk sollte repariert werden, es wurde abgeschaltet und das Kraftwerk, das den Ausfall auffangen sollte, ist zur gleichen Zeit ausgefallen. So waren Teile des Landes stundenlang im Dunkeln. Die Zeitungen im Süden schrieben von Plünderungen. Fast als breche sofort die Anarchie aus, sobald der Strom dort weg sei. Am nächsten Tag hat die Zeitung dann dementiert und kleinlaut erklärt, es sei lediglich ein Dieb gewesen, der in einem Kaufhaus gewesen wäre und die Gunst der Stunde genutzt hätte…

Der Keks ist im Übrigen nicht das einzige Maskottchen, das seinen Vorbesitzern entrissen wurde. Bernd, das Brot wurde 2009 auch entführt und wurde in einem Keller wieder gefunden. Jigsaw, der Bösewicht aus den *Saw* Filmen scheidet schon mal aus, denn wie hätte er den beinlosen Bernd dazu bringen sollen, sich ein Bein abzusägen, um die Eisenkette zu lösen, die um sein Fußgelenk gebunden war? Heraus kam, dass es Sympathisanten von Hausbesetzern waren. Am besten allerdings hatte es die Biene Emma. Ein Fußballmaskottchen, das durfte sogar um die Welt fliegen. Die Entführer schickten von Emma alle möglichen Bilder an unterschiedlichen Orten. Scheinbar sind nicht alle Menschen ausgelastet und wissen Sinnvolles mit ihrer Zeit anzufangen. Zugegeben, ein Tagebuch zu schreiben, das vielleicht nie großartig jemand lesen wird, ist auch nicht so sinnvoll. Aber mir macht es Spaß und das ist die Hauptsache!

Leibnitz hat also einen Keks als Symbol, was habe ich?

Muss mir auch ein Symboltier zulegen als Pseudonym, wie wäre es mit Mätti oder dem Lila Laune Bär? Der Unterschied zwischen uns ist ja, dass ich keine Menschen esse. Gut, er auch nicht, also doch eine Gemeinsamkeit. Aber immerhin ist bei mir meine sexuelle Gesinnung klar, beim Lila Laune Bär nicht. Außerdem hat der Bär keinerlei Modebewusstsein, einen guten Kaminvorleger gäbe er nicht, bleibt mir fast nur Mätti. Ich könnte mir auch einen griechischen Namen geben, aber die sind derzeit pleite und geraten immer mehr in den Strudel der Geldwirtschaft. Zahlen wurden schon immer überbewertet, das mit diesen Zinsen war überhaupt nicht vorauszusehen.

Also bin ich jetzt Mätti als Kunstfigur, vielleicht weil auch meine Muse mich immer so nennt. Nein, meine Muse ist weder ein Joint, ein alkoholisches Getränk oder eine textilablehnende Blondine, sondern eine gute Freundin. Was soll mein Zeichen sein? Ich dachte ja zuerst an ein Z, aber so ein seltsamer mexikanischer Spanier mit einem Degen, hat mir die Idee vor der Nase weggeschnappt. Also habe ich mich für einen Kreis, darum noch mal einen Kreis und einen Querstrich von rechts nach links, das hat etwas mit Alpha und Omega zu tun und … ach, wem mach ich was vor, ich habe es nur genommen, weil mir nichts Besseres eingefallen ist oder mir dieser Möchtegern Casanova aus Mexiko mit dem Z mir mein Zeichen weggenommen hat... Vertage die Entscheidung.

„Von Elefanten und Menschen"

Was hat die Dreisam, das Rinnsal das durch Freiburg führt und in dem lediglich Wüstenrennmäuse und Blondinen Gefahr laufen, zu ertrinken, mit Elefanten zu tun?

Alles begann wohl wie schon so oft, in Freiburg. Auf dem Weg zu meiner vermutlich zukünftigen Vorgesetzten, um meine Bewerbung zu besprechen. Am Ende ist es geschafft. Der Bock wurde zum Gärtner gemacht. Ich darf in einem Hort arbeiten. Das wären hundert Prozent Kontakt mit Menschen - sofern man Kinder als Menschen betrachten darf. Außerdem mag ich Kinder, nicht nur gebraten und gesotten, sondern auch in echt. Ich war schon einmal im Hort und habe die Kinder kennengelernt, eine richtige Rasselbande. Die Sorte von Kinder, die unbeaufsichtigt wohl innerhalb einer Stunde, Freiburg kaputtgemacht hätten. Wie? Das würde ewig das Geheimnis der Kinder bleiben, aber schaffen würden sie es.

Ich glaube aber, dass ich qualifiziert bin. Ich mache immerhin schon fast fünfundzwanzig Jahre Kinderbetreuung! Ich habe also Erfahrung - auch mit schwierigen Kindern. Davon mal abgesehen, in meinem FSJ habe ich auch Erfahrung gesammelt. So sitze ich also in der Straßenbahn, um nach Hause zu fahren. Wie es nicht anders sein sollte, schweiften meine Gedanken ab. Ich sah die Dreisam und ich stellte mir vor, wie es wohl wäre, auf ihr zu laufen, und wer das könnte.

Ich I: Elefanten!

Ich II: Elefanten sind aber sehr schwer und außerdem können Elefanten nicht übers Wasser laufen.

Ich I: Wenn sie es sich ganz fest vornehmen, schon irgendwie.

Ich II: Das ist Unsinn, nur Jesus kann übers Wasser laufen.

Ich I: Wenn in Narnia der Löwe Jesus ist, ist er hier halt ein Elefant.

Um zu erklären, wie ich auf Elefant kam: Ich muss oft, wenn ich das Wort Elefant höre, lachen. Wieso erkläre ich gerne. Irgendwann hat man mir den Floh in Ohr gesetzt, dass ich einmal eine Elefantenparade durch Freiburg und das Martinstor führen sollte. Ich stelle mir das toll und lustig vor. Einige Elefanten, die sich gegenseitig am Ringelschwanz heben und ich vorne auf dem Größten sitzend, begleitet von einem Musikorchester. Die Elefanten trampeln natürlich und hinterlassen Schäden auf der Straße, bringen Häuser zum Beben und machen vermutlich auch das Martinstor kaputt, aber das wäre trotzdem irgendwie cool. Das gehört zu den Dingen, die man einmal getan haben sollte im Leben. Jeder Mensch hat einen Traum, manche träumen von großen Dingen, andere von Kleineren, andere haben den Traum, einen Traum zu haben und ich träume eben von Elefanten.

Ich I: Geniale Idee, oder?

Ich II: Das ist total Schwachsinn

Ich I: Du solltest nicht an meiner Genialität zweifeln, du sitzt an der Quelle

Ich II: Ich weiß aber, was sonst noch in deinem Kopf so vor sich geht, das ist schlicht noch bescheuerter als die Elefantenidee.

Ich: Die Elefantenidee ist gut, ja? Over und Ende.

Der Autor über sich selber:

Ich erblickte am 24.2.1988 das Licht der Welt, komme aus dem lieben Achertal und wohne aktuell in Freiburg, der Stadt in Deutschland mit der höchsten Therapeutendichte pro Kopf, aber ich schwöre, ich bin unschuldig daran.

Ich schreibe gerne. Oft liest man ja bei Autoren, ich wollte schon als Kind Schriftstellerin werden (also hauptsächlich bei weiblichen Autoren). Ich wollte nie Schriftstellerin werden, pardon Schriftsteller. Ich wollte als Kind Polizist werden, dann Meisterdieb und jetzt befinde ich mich in der Ausbildung zum Erzieher. Ich hatte ja ursprünglich Soziale Arbeit studiert, das hat leider nicht geklappt, aber ich bin ganz froh darum, denn der Erzieherberuf macht mir Spaß. Da kann ich auch den Clown in mir ab und an herausholen. Wie alle lustigen Menschen habe ich natürlich auch eine ernste Seite, aber da ich ein Satire-Autor bin, wage ich es dreisterweise, diese Seite an mir in meinen Büchern kaum zu zeigen.

Ich schreibe also Satiren. Angefangen habe ich damit, als ich wegen meinem ADHS in einer Klinik war und festgestellt hatte, dass ich mit meinem Galgenhumor die anderen unterhalten kann. Ich behandele vieles und nehme dabei wenig Rücksicht auf politcal correctness oder Ähnliches, denn Humor hilft auch, mit den schrecklichen Dingen im Leben fertig zu werden. Daher bleibt sauber und tut nichts, was ich nicht auch tun würde.

Wir freuen uns über Ihren Besuch:

www.telegonos.de